고양이와 할머니

고양이와 할머니

전형준

북폴리오

언젠가 한 독립영화 감독님을 만나 이야기를 나눌 기회가 있었다. 대화 말미에 어떤 계기로 고양이를 찍게 되었는가, 왜 많은 동물 중에 하필 고양이였는가에 대한 질문을 받았다. 나는 한참을 대답하지 못했다. 뭔가 철학적이며, 거창하고 멋있는 말을 해야 할 것 같았는데 내 머릿속엔 그저 '귀여우니까요'라는 말밖에 떠오르지 않았다.

집에서 키우고 있는 고양이들을 찍으려고 산 카메라를 책상 서랍에 넣어 두고 1년쯤 지난 어느 겨울. 마당에 길고양이 가족이 찾아왔다. 가끔 밥을 얻어먹으러 마당에 오는 녀석들이 있어서 추위나 잠시 피하라고 만들어 둔 스티로폼 박스집에 어미 고양이가 새끼들을 데리고 온 것이다. 그때만 해도 새끼 고양이는 처음 봐서 흥분된 마음에 휴대폰을 꺼내 사진을 찍으려 했으나 아뿔싸, 배터리가 없었다. 그러다 문득 서랍 속에 모셔 둔 카메라가 생각나서 찍은 사진이 이것이다. 내 길고양이 사진의 시작.

인터넷에 올린 이 사진이 여기저기 퍼지는 걸 보고 참 신기했다. 솔직히 그런 반응이 나쁘지 않았다. 거의 5년이 지난 지금도 누군가의 SNS 프로필 사진으로 가끔 마주치곤 한다. 사진을 찍는 그 순간은 찰나지만, 애정을 담아 찍은 사진은 오래오래 남을 수 있다는 증거 같아 살짝 흐뭇해진다.

내 사진은 길고양이에 대한 애정으로 시작됐고 지금도 그렇다. 그저 고양이에 대한 천진난만한 애정이 사진을 보는 분들에게도 전해졌으면 좋겠다.

"사람도 이리 추운 겨울에
니들은 을매나 더 춥겠노.
들어와서 무라. 패안타."

꽁알이 할머니

    3. 40년 전에 이 마을에 정착한 할머니는 아들들을 다 서울로 보내고 혼자 사셨다. 막내 아드님이 몇 년 전 서울에서 부산으로 내려와 일하게 되면서 가끔 들르곤 하지만, 이제는 앞집 이웃들도 없고 화장실 문제로 가끔 다투던 뒷집 영감도, 순찰 왔다가 계단에서 넘어졌던 순경들도 파출소가 없어지면서 못 보게 되어서 예전만큼 동네가 재미없다고 하셨다.

    할머니와 고양이들의 인연은 꽤 오래되었다. 바다가 가까운 할머니의 마을엔 쥐가 많았다. 할머니 댁에도 쥐들이 들어와 쌀 포대를 뜯어 놓는 일이 잦았는데, 그러다 집의 나무 기둥까지 파먹어 구멍을 낸 것이 결정타였다. 아는 사람이 기르던 고양이를 쥐잡이용으로 데리고 오셨는데, 처음엔 찐이라고 부르시다가 콩알만 한 게 야옹야옹 말도 많다고 '꽁알이'로 개명하게 됐다.

    "매일 동네 약국에서 쥐약하고 쥐 끈끈이 사서 뿌려 대도 그때뿐이고, 동네 친구한테 고양이 빌리가 나무 기둥 앞에 놔뒀더니만 구신같이 쥐가 집에 안 들어오드라. 내가 그때부터 동네 약사놈 봐도 아는 척 안 했다!"

    할머니 댁의 기둥을 쥐들로부터 지켜 준 그 고양이는 그해 겨울인가 초봄에 집을 나가 돌아오지 않았다. 하지만 좀 따뜻해진 어느 봄날, 그 녀석과 닮은 노란색 새끼 고양이들이 찾아왔다. 할머니 댁 아이들은 다 노랑둥이 치즈 고양이들이었다. 집 기둥을 지켜 준 보답으로 할머니는 30년이 지난 지금도 고양이들을 보살피고 계시다.

이국적인
꽁알이 할머니의 집.
동네 미장이에게 부탁해서
칠하셨는데 페인트 색은
직접 선택하셨다고.

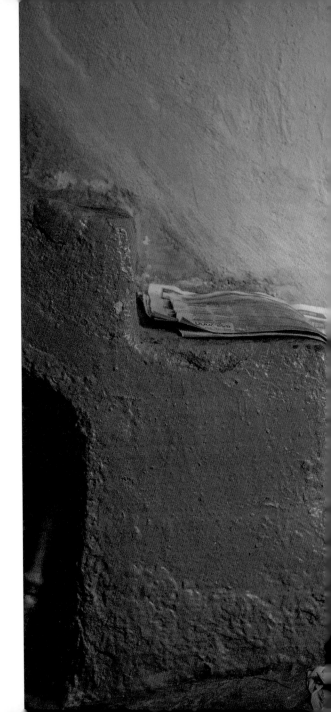

할머니의 하루는 이렇게

할머니의 아침은 요란스러운 빈 그릇 소리로 시작된다. "아이고, 이노마들아! 스뎅 그릇 빵구 다 나겄다. 고만 핥아싸라! 간다, 간다!" 종종걸음 치며 2층에서 내려오는 할머니는 사료를 담은 통과 다리 높이가 제각각인 빨간 의자도 함께 들고 나오신다. 급한 녀석들은 문 앞에서 기다렸다가 한 소리 들으며 먼저 먹기도 했다.

할머니는 꽁알이들이 오가는 사람 신경 쓰지 않고 먹을 수 있도록 담장 위에 밥을 놓아 주시는데 그 때문에 의자가 필요했다. 처음엔 다리 높이가 제각각인 의자가 영 불안했는데 할머니가 쿨하게 한마디 하신다. "총각이 뭘 모르네, 길이 얕구져서 이 의자가 골목에 딱 맞는다니까." 말씀을 들고 보니 이 의자, 울퉁불퉁한 골목 바닥과 퍼즐처럼 묘하게 맞는 게 아닌가.

꽁알이들 밥을 다 챙겨 주고, 꽁알이들 다음으로 애지중지하는 화분들에 물을 주고 나면 할머니는 2층 창가에 앉아 진한 인스턴트 커피 한잔을 드신다. 그러면서 담장 위에서 밥 먹는 녀석들을 바라보는 게 하루의 시작이었다.

소확행

　일요일 오전에 할머니 집에 가면 잠이 확 깨는 진한 커피를 한잔 마셔야 했다. "총각, 일요일인데 일찍 왔네? 가방 저 내리놓고 좀 기다려 보소. 내가 크피 맛있게 타줄 테니 편하게 앉아 있으소." 할머니의 모닝커피를 마신 날엔 항상 자정을 넘겨야 잠이 오던 기억이 난다.

　밤새 배고팠던 꽁알이들과 화분에 밥과 물을 주신 다음, 쌀을 안치고 커피 한잔을 더 탄 뒤에 할머니는 2층에 앉아 창밖을 보셨다.

　"사진 고만 찍고, 으이? 요 올라와서 같이 커피 마시믄서 꽁알이들 밥 묵는 거 보소. 을매나 이쁘노. 쪼맨한 것들이 오도독 먹는데 증말로 이쁘제. 이게 내 요즘 사는 낙 아이가."

　정말로 그랬다. 은은히 풍겨 오는 따뜻한 밥 냄새, 선선한 아침 공기, 잠이 저만치 달아나는 진한 커피, 그리고 고양이들. 대단할 것 없는 소소한 일상의 조각들이었지만 이보다 더 확실한 행복은 없을 것 같았다.

아들에겐 비밀!

원래 할머니는 시장에서 멸치를 비롯한 생선을 사서 고양이들에게 주곤 하셨다. 그러다 동네 정육점에서 길고양이들에게 사료를 챙겨 주는 것을 보고 그때부턴 사료를 사서 챙겨 주셨다. 처음에는 사료 구입처를 몰라서 정육점에 부탁해서 사셨는데, 정육점에 온 어느 손님이 남천동 어느 교회 옆에 사료를 싸게 파는 데가 있다며 말을 흘린 덕에 한여름 손수레를 끌고 하루 반나절을 찾아다녔지만 못 찾고 다음 날 몸살이 났다고 하셨다.

할머니의 막내 아들이 그 얘기를 듣고선 크게 화를 내며 매달 세 포대씩 사료를 보내신다고 한다. 할머니는 이놈의 똥고양이들은 우찌된 건지 큰 거 세 포대도 한 달을 채 못 먹인다고 짐짓 푸념하신다. 하지만 내가 듣기에 '이놈의 똥고양이들'만큼 애정이 넘치는 표현은 없을 것 같다.

그래도 할머니는 아들에게 받은 용돈과 연금을 짬짬이 모아 남포동에 있는 큰 마트에서 고양이 사료를 몇 개 더 산다고 하셨다. 언젠가 사진을 찍으러 할머니 댁에 가니, 아드님이 와서 방에서 주무시는 중이었다. 할머니는 나에게 귓속말로 "아들이 매달 사주는데 고맙고 미안캐서 사료 더 사오는 건 뒤에다 숨카서 애들 준다. 솔직히 세 포대는 조금 부족캐서 그칸다. 내가 쌀은 떨어져도 마음이 안 그칸데, 야들 사료는 좀 있어야 마음이 든든하다."

나도 좀 보태드릴까 해서, 사료 뭐 먹이시냐고 물으니 창고를 보여 주셨다. 할머니가 드시는 쌀 포대는 안쪽에 하나, 고양이 사료는 앞쪽에 네다섯 개가 쌓여 있었다.

묘생 3개월이면 멸치 맛을 안다

꽁알이들을 찍고 있으면 할머니는 뒤에서 흐뭇하게 보시며 때론 지나가는 사람들을 잡고 자랑도 하셨다. 우리 아/들 모델 되었다며. "오구오구, 우리 새끼들 잘 묵제?"하시며 내동 흐뭇해하다가 갑자기 웃으며 이러신다.

"내가 질(길)을 드럽게 들이 났다. 이 문디자슥들이 시장에서 파는 칠천 원짜리 멸치는 안 묵고 꼭 비싼 만이천 원짜리 멸치만 묵는다. 큰 것들이 비싼 거만 처무싸니까 어린 것들도 따라서 칠천 원짜리는 마 입에도 안 대더라. 웃기지도 않는다카이."

할머니는 칠천 원짜리 멸치는 자신이 볶아 먹고 더 비싼 만이천 원짜리 멸치는 저것들(?) 입에 들어간다며 아들 알면 큰일 날 거라며 웃으셨다.

무심한 듯 다정한 이웃

할머니 댁 이웃 두 분은 각각 생선 백반집과 치킨집을 하셨는데 하루 영업이 끝나면 남은 것들을 싸 와서 가끔 할머니께 드리곤 했다. 자매인 듯 말투가 비슷한 두 분. 사실은 네 마디 이상 말씀하시는 걸 본 적이 없기도 하다.

"아나*, 할매 고양이 밥."

할머니와 같이 창가에서 꽁알이들을 보고 있는데 문득 어느 책에서 봤던 '익은 닭 뼈는 날카롭게 부서져서 동물들에게 위험하다'는 내용이 떠올라 할머니께 말씀드렸다. 할머니는 우리 꽁알이들 초상 치를 뻔했다고, 앞으로 옆집 할머니에게 생선만 가져오라고 해야겠다며 얼른 그릇을 치우셨다.

* '자, 여기 있다' '옜다'의 부산 사투리

사랑을 받으면 동물이든
사람이든 빛이 난다.
오랜만에 해가 얼굴을
내밀자 녀석은 담 위로
넘어가 잠깐 쏟아지던
햇빛을 만끽했다.

여름이 왔다. 꽁알이
할머니네 골목 풍경 중,
나는 여름의 풍경을 가장
좋아했다. 오동나무가
만들어 준 그늘과 화분의
꽃들이 품은 초록의
시원함이 좋았다.

그런 일상들이 있었다

초여름, 주말 오전 9시에서 10시 사이에 가 보면 꽁알이 할머니가 막 일어나 꽁알이들 밥을 먹이고 화분에 물을 주고 계셨다.

할머니가 화분에 물을 다 주고 커피를 타 주실 때쯤이면, 골목 담에 햇빛이 살짝 들었고 꽁알이들이 그 밑에 쪼르륵 누워 식빵을 구웠다. 그러다 해가 좀 더 높이 떠서 좀 뜨거워질 것 같으면 꽁알이들은 오동나무 밑으로 자리를 옮겨 낮잠을 잤다. 지난봄 구청에서 어설프게 가지치기한 오동나무는 높이가 적당해져서 오후 내내 시원한 그늘을 만들어 줬고, 잠깐 지나가는 소나기를 막아주기도 했다.

한두 시간쯤 할머니와 얘기하고 사진을 찍고 있으면 찐이 할머니가 명태국을 한 그릇 가득 들고 오셔서 찐이가 새벽에 나가서는 여태까지 들어오지 않았다며 걱정을 하셨다.

전혀 특별할 것 없던 이 일상들이 지금은 왜 이렇게 그리운지.

오동나무가 만들어
준 담장 위 그늘은
꽁알이 녀석들의
낮잠 지정석이었다.
잠깐 지나가는 소나기도
막아 주기에 충분했지만,
아무 걱정 없이 비를
피하고 있다 가끔 잎에
튕긴 빗물에 퍼뜩 놀라는
꽁알이들을 보는 것 또한
즐거웠다.

원래는 창이 있었을 자리가 멋진 액자가 되어 주었다.

네 시가 넘어 골목에 햇빛이 들어왔다.

오동나무 잎들에 한 번 부서지고 내려온 햇빛은 부드러웠다.

꽁알이 외에 가끔 객식구가 생기기도 했다.

할머니는 꽁알이들 밥 뺏어 먹는다며 장난 섞인 구박을 하셨다.

그러곤 꽁알이들하고 잘 지내라며 한 숟가락 더 주셨다.

한 숟가락 얻어먹던 객식구 고양이는 얼마 뒤 가족을 다 데리고 왔다.

할머니는 사람은 집 안으로 잘 들이지 않았지만,

고양이에겐 언제나 문을 활짝 열어 놓으셨다.

겨울 대비

여름이 가고 가을이 오고 있었다. 날이 갑자기 쌀쌀해진 탓에 꽁알이 할머니는 감기에 걸리셨다. 날이 추워지면 할머니는 아들이 주는 용돈과 매달 나오는 연금을 더 아껴서 사료를 한 포대씩 더 사 놓으신다. 추워지면 애들이 많이 먹기 시작한다며 사료 몇 포대는 비상용으로 아예 따로 빼놓으시기까지 하셨다.

"할매는 국도 안 좋아하고 마른 반찬 몇 가지만 있으면 밥 금방 먹는데이. 우리 꽁알이들 문밖에서 오들오들 떨면서 밥 달라고 기다리는 거, 내 그거 못 본다."

바람이 많이 불던 11월의 어느 날이었다. 고양이들을 만나러 갈까 고민을 하고 있던 차에 꽁알이 할머니에게서 전화가 왔다. "고양이 새끼 하나가 숨을 꼴딱꼴딱 넘기고 있는데 우째 해야겠노?"라고 물으신다. 가망은 없어 보였지만 할머니가 걱정하시니 우선 할머니 댁으로 출발했다.

도착하니 전화로 말씀하셨던 녀석은 이미 숨을 거뒀고, 할머니가 손수 방울꽃 화단 밑에 묻어 주셨다. 그 자리를 물끄러미 보고 있는데 화단 옆에 한 녀석이 웅크리고 있었다. 인기척을 느끼고도 남았을 거리인데 도망치지 않는 걸 보니 이 녀석도 아픈 것 같았다. 할머니가 녀석을 잡아 안았는데 눈곱도 잔뜩 끼고 코를 훌쩍이는 게 감기인 듯했다. 최근에 병원에서 처방받은 안약이 있어서 안약을 넣어주고 눈곱을 떼 주었는데 이 녀석 미모가 예사롭지 않았다.

다행히 녀석은 약 몇 번에 금세 기운을 차렸고 건강하고 예쁘게 성장했다.

녀석에게 이름과 새 가족을 만들어 준 사진.

부산에서 서울, 그리고 호주로

사진 한 장을 보고 녀석을 입양하고 싶다는 연락이 왔다. 처음엔 거리도 멀고 사람에 대한 경계심이 많은 녀석이라 힘들 것 같다고 답장을 했다. 두어 달이 지나고 다시 같은 분에게서 연락이 왔다. 계속 생각이 나서 꼭 가족으로 입양하고 싶다고. 이름과 연락처까지 먼저 밝히셔서 입양 절차를 진행하기로 했다.

영리한 녀석이라 잡는 데만 며칠이 걸렸다. 간단한 병원 진료 후 집에서 2주간 적응기를 거치고 서울에서 입양자 분이 오셔서 녀석을 데리고 갔다. 이름은 무니로 하기로 하셨다고. 가기 전에 꽁알이 할머니 댁에 들러 인사를 하는데 꽁알이 할머니는 막내딸 시집가는 것 같다며 괜히 눈물이 날 것 같다고 하셨다.

무니는 부산에서 서울로 입양을 갔다. 그리고 서울 생활을 반년 하고 난 뒤 호주 영주권자인 입양자님을 따라 호주로 가게 되었다. 호주의 검역 기준을 통과하기 위해 무니는 수많은 주사와 검사들을 참아 냈다. 10시간이 넘는 단독 비행도, 2주간의 계류 기간도 그 작은 녀석은 모두 버텨 냈다. 지금 무니는 호주 생활에도 잘 적응하고 있고, '코소금'이라는 멋진 남자 친구도 생겼다.

그해, 여름. 수국은 피지 않았다

　작년에 탐스럽게 폈던 수국들이 올해는 8월 초순이 지나도록 피지 않았다. 커피 한잔하며 2층에 계셔야 할 시간에 할머니는 밖에 나와 나를 기다리셨고, 표정엔 근심이 가득했다. 이상하게 화분에 꽃들이 안 피어서 비료를 사러 갔다가 구청 사람에게 이주 날짜가 정해졌다는 얘기를 들으셨단다.

　"인쟈 이것들도 아는 기라. 사람들 떠나뿌고 혼자 남으면 우찌될 건지 다 아는 기라. 총각아, 우리 꽁알이들 우짜노. 내가 지금 밥도 안 넘어가고 크피도 안 넘어간다. 어디 산에다 확 풀어 주쀠까."

　할머니네 골목 첫 집이 재개발 사무실로 쓰이고 있어서 동네 사람들의 오가는 얘기를 들을 수 있었다. 짧은 안부를 전하며 갈 곳이 있는지, 어디로 가는지 묻자 아들 집으로, 시골집으로 간다는 대답들이 돌아왔다. 사람들의 왕래가 잦아진 탓인지 꽁알이들도 밥 먹을 때 말고는 통 나오지 않는다고 하셨다. 헤어짐이 다가오는 것을 너석들도 알고 있을까?

떠나는 사람들, 떠날 수 없는 고양이들

　　20년을 넘게 끌어 온 재개발은 거주지 이전 날짜가 정해지자 일사천리로 진행되었다. 사람이 안 사는 블록은 먼저 철거에 들어갔고, 몇 집 남아 있던 할머니네 골목도 이젠 다들 이사를 마쳐 정말 텅텅 빈 느낌이었다. 꽁알이 할머니도 이사를 했지만 일주일에 못해도 두어 번은 오셔서 녀석들 밥도 챙겨 주고, 뾰족한 철거 잔해들을 혹여나 아이들이 밟을까 길 옆으로 치워 놓고는 하셨다.

　　할머니에게 사료가 다 떨어졌다는 전화를 받고 점심쯤 도착하니 할머니는 한창 아이들의 밥을 챙겨 주고 계셨다. 수도를 최대한 나중에 끊어 달라고 재개발 사무실에 부탁을 하셔서 꽁알이들에게 물도 주고 청소도 하셨단다.

　　"오늘 오니까 이 썩어빠질 고물재이 자슥들이 우리 집 보일라 기름통을 떼간 거 아이가. 기름통 밑이 우리 꽁알이들 밥 자린데 기름통 뜯다가 난장판 다 됐다. 쎄가 빠질 것들!"

　　화를 내며 청소를 하시는데 객식구 노랑이가 계속 옆에서 알짱거린다. "알아서 주겠구마는…… 아나, 그릇 닦을 때까지 묵고 있으라." 말은 퉁명스레 해도 그 응석 안 받아 주는 법이 없는 할머니는 냉큼 캔 하나를 까서 턱 던져 주셨다.

그 많던 고양이들은 어디로 갔을까

"아이고~ 총각아. 클났데이! 오늘 오니까 유리 조각이 천지빼까리라 아들 찔릴까 봐 겁난데이. 철거를 와 이리 빨리 하노, 이놈들이."

내년 봄부터 철거가 시작된다고 들었건만 꽁알이 할머니네 골목은 벌써 난장판이었다. 찐이와 할머니의 뽀뽀 사진을 찍었던 꽃 화단도 다 엎어져 있었다. 이젠 정말 사진만 남았다.

우범지대가 되는 것을 막기 위함인지 집들의 문과 창은 다 떼어져 있었고 그 과정에서 떨어져 깨진 유리 조각들이 골목 바닥을 한가득 채웠다. 오래된 동네다 보니 석면 슬레이트 지붕이 많았는데, 석면 구조물 우선으로 철거에 들어간 듯했다. 그 과정에서 지붕 밑에 숨어 지내던 고양이 여럿이 목숨을 잃은 것 같았다.

이날 할머니네 꽁알이들 6마리 중 4마리를 포획하는 데 성공했다. 한 녀석은 외상이 심각해서 걱정이었지만 지금이라도 구조해서 다행이라고 안도하지 않을 수 없었다.

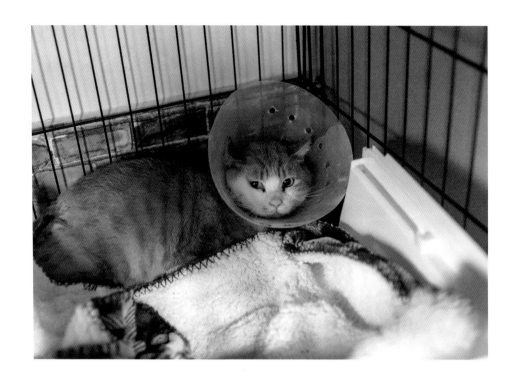

　구조한 녀석 중 외상이 심각했던 녀석의 상태는 생각했던 것 이상이었다. 괴사가 많이 진행되어 수술도 힘들어진 터라 항생제와 슈가 테라피로 치료해 보기로 했다.

　가망이 없어 보이던 녀석의 상처에도 새살이 조금씩 차오르기 시작했다. 담당 수의사 선생님은 휴일에도 녀석의 상태를 보러 나와 주셨다.

　긴 병원 생활을 마친 녀석은 우리 집 창고에서 지내다가 상처가 거의 다아물어 갈 때쯤 방묘창을 뜯고 탈출했다. 그리고 현재 우리 집 마당에서 잘 지내고 있다.

같이 구조된 녀석. 할머니는 방울이라고 불렀다. 꽁알이들의 할머니 냥이라고 하셨다. 나이가 많아 기력이 없던 녀석인데 겨우내 살을 찌운 뒤 마당으로 내보냈다. 이 녀석도 역시 마당에서 잘 지내고 있다.

철거 잔해 속에서 살던 아기냥. 남은 꽁알이들을 잡으러 갔다 잡힌 녀석.
철거 잔해로 인한 찰과상은 있었지만 작은 녀석이 요리조리 잘 피한 덕분에
특별히 크게 다친 곳은 없었다. 삼색 고양이가 로망이던 지인에게 바로 입양
됐다. 이름은 꽁지.

"아직 우리도 있어요."

경상도 방언으로
고양이를 살찐이,
찐이라고 부르기도 한다.
억센 경상도 방언 중에서
살찐이는 고양이,
괭이보다 부드럽고
애정 넘치는 표현이다.

찐이 할머니와 찐이

꽁알이 할머니가 근처에 고양이랑 둘이 사는 할배가 있다며 소개해 준다고 하셔서 만나게 된 찐이 할머니. 슬하에 자식이 없는 찐이 할머니에게 찐이는 말 그대로 가족이었다.

할머니와 찐이의 첫 만남은 이랬다. 앞집에 사는 중학생이 동네 사거리 어디선가 혼자 있던 아기 고양이를 데려왔는데, 부모님 몰래 자기 방에서 며칠을 키웠단다. 하지만 학생이 학교에 간 사이 방을 청소하시던 어머니가 고양이를 발견했고 결국 쫓겨나게 됐다.

학생은 아기 찐이를 동네 빈집에 두고 등하굣길에 들르며 나름대로 챙겨 주었지만, 아기 고양이에겐 그 이상의 보살핌이 필요했다. 빈집에 혼자 있던 찐이는 배가 고파 밖으로 나왔고 아기 찐이의 걸음이 멈춘 곳이 할머니의 집 앞이었다.

마침 할머니는 그때 명탯국을 끓이고 계셨고 그 명태 건더기를 물에 씻어서 찐이에게 준 게 첫 묘연이었다고. 그 때문인지 찐이는 사료를 먹어도 꼭 할머니의 명탯국은 먹어야 했다.

"공주야, 우리 찐이 못 봤드나. 우리 찐이 자슥 어디 가삣노."

찐이는 외출하면 꼭 꽁알이 할머니네를 가서 꽁알이들 밥을 뺏어 먹고, 꽁알이들에게 힘자랑 몸집 자랑을 했다. 그래서 찐이가 늦게까지 들어오지 않으면 할머니는 명탯국 한 그릇을 들고 찐이를 찾으러 오셨다.

할머니와 있으면 마냥 순둥한 찐이는 사실 동네 대장 고양이였다.

찐이가 날렵했던 시절.

재개발로 어수선하던 마을

마을 사람들은 서로 어디로 갈 건지, 갈 곳은 있는지 묻고 있었다.

찐이 할머니는 어디로 갈지 모르겠다고 하셨다. 할머니에겐 자식도 없고 친정 쪽에 친척도 없어서 다리 아프신 할머니를 대신해 집을 봐줄 사람이 없다. 하지만 찐이는 꼭 데려갈 거라고 하셨다. 다다를 곳이 그 어디가 되든.

며칠 후 동네 사거리엔 조합원 환영 현수막과 재개발 반대 현수막이 차례로 걸렸다. 거리엔 팔짱을 끼고 심각한 얘기에 빠진 사람들, 이제 고향 가게 됐다며 웃으며 인사를 나누던 사람들, 그리고 동네가 없어진다는 소식을 듣고 온 사진가들로 가득했다.

사거리를 빠져나와 곧바로 찐이 할머니 댁으로 향했다. 할머니 댁에 손님이 왔는지 이야기 소리가 크게 들렸고 이내 문이 열리며 다소 상기된 표정의 아저씨 한 분이 나오셨다. 할머니의 시댁 식구분이라고 하셨다. 아마 고양이와 함께 살 수 있는 집을 구하기가 어려웠던 탓에, 집을 대신 알아봐 주시던 시댁 식구분과 할머니 사이에 의견 충돌이 있었던 모양이다. 나중에 듣기로는 찐이가 그냥 동네 고양이인 줄 아셨다고.

할머니는 구석에서 주눅이 들어 있는 찐이를 데리고 와서 "할매, 꼭 니 데리고 가니까 걱정 말그래이."하시며 쓰다듬어 주셨다.

다시 볼 수 없는 풍경

다행이다. 꽁알이 할머니도, 찐이 할머니도 이사 가실 곳이 정해졌다.

꽁알이 할머니는 지금 사시는 곳과 그리 멀리 떨어지지 않은 곳으로 이사 가실 것 같다. 막내 아드님이 부산에 계셔서 당장 이사를 하셔도 상관없지만, 아이들이 눈에 밟혀 최대한 늦게 가실 거란다.

찐이 할머니는 집을 어찌 구할지 걱정이었는데, 시댁 식구분이 집을 알아봐 주셔서 적당한 곳으로 이사하시게 될 것 같다. 이번 달 안으로 가신단다. 소식을 듣고 찐이 할머니 댁으로 도착하니 꽁알이 할머니도 와 계셨다. 두 분은 서로 잘 됐다며 얘기 중이셨다.

"총각아, 내 이사 가는데 전화하면 와서 도와도. 찐이 데리고 가는 닭장(!)도 가지고 와도. 이사 가도 가끔 와서 찐이랑 사진 좀 찍고. 응, 알았재?"

"총각 바쁘다. 조카네 불러서 시키라. 우리 총각 와 부르노. 그 갈라믄 버스도 두 번 갈아타야 하고 멀다. 부르지 마라." (집에서 바로 가는 버스가 있지만 나는 그냥 침묵했다.)

꽁알이 할머니는 내가 찐이 할머니 댁만 왔다 가는 게 서운하셨는지, 날 데리고 가서 율무차 한잔을 주셨다.

할머니 댁을 나설 무렵 빗방울이 굵어졌다. 꽁알이들은 오동나무 밑에서 비를 피하고 있었다. 이 풍경을 다시 볼 수 없다니……. 조금만 더 일찍 이곳을, 할머니를 알게 되었다면.

　"찐이 좋겠네, 할매가 니랑 살 집 구했다고 하드라. 할매가 집 구한다고
쎄가 빠졌다이가."

　찐이 할머니의 이사가 정해져 꽁알이 할머니와 같이 축하를 해 드리러
갔다.

"이놈 붕티기, 붕티기 궁디 봐라. 할매 다리보다 야 궁디가 더 크다."

꽁알이 할머니는 쩐이를 부를 때 붕티기라고 불렀는데 털뭉티기라고 부르셨다가 붕티기가 됐다고 하셨다. 뭉티기는 경상도 방언으로 뭉텅이, 뭉치 정도의 뜻이다.

이사 갈 집을 보고 오신 할머니는 표정이 한결 밝아지셨다. 집도 넓고 방
도 한 칸 더 있어서 찐이랑 같이 지내는 데 문제없을 거라고 하셨다.

할머니가 내어주신 율무차를 마시고 있는데 옆집 할머니가 오셔서 "할
매 갈 곳 정해졌능교, 꼬양이 손주 놈도 같이 데리고 가능교?"라고 물으니 허
허 웃으며 큰 집, 좋은 집 구했다고 대답하셨다.

무심히 봄날은 가네

할머니가 동네를 떠나기 전에 하루라도, 한 장이라도 더 사진으로 남겨 놓고 싶었다. 할머니와 찐이, 그리고 골목 풍경을 담아 보려 찍은 사진.

날이 좋았고, 이날이 아니면 화분의 꽃들과 이 골목을 같이 담지 못할 거라는 느낌이 왔다. 마침 찐이도 화분에서 자고 있었다. 나는 할머니에게 화분에 찐이가 자고 있는 게 꼭 그림 같다고, 밖에서 사진 한 장 찍자고 할머니를 모시고 나왔다.

찐이와 할머니 사진을 찍을 때 "할머니, 찐이랑 같이 사진 찍어 봐요." 정도만 얘기하고 찐이와 어떤 포즈를 취하면 좋을지는 할머니의 선택에 따르기로 했다. 나는 화분의 꽃들과 찐이 그리고 할머니만으로도 충분했었는데, 갑자기 찐이에게 뽀뽀를 해 주셨다. 다시는 오지 않을, 5월 봄날의 기억.

씬이가 밥을 한 끼라도
거르면 할머니는 걱정이
태산 같아진다.

"아이고, 씬이야.
내도 아픈데 니까지
아프면 할매 우짜노."

찐이가 처음 병원 가던 날

"아이고, 내 새끼, 이놈 새끼 찐이야, 아프지 마래이."

찐이가 또 밥을 안 먹는다고 전화가 걸려 와, 할머니와 함께 병원을 가기로 했다. 할머니는 봄에 꽁알이 할머니와 시장에서 사셨다는 외출용 옷을 입고 계셨다. 동물병원은 생전 처음 가 본다며 예쁜 옷으로 고르셨단다.

이동장에 찐이를 넣고 차까지 데려가는데 동네분들이 찐이를 다 아시는 게 아닌가. 할머니는 뿌듯함 반, 부끄러움 반으로 웃으며 뒤를 따르셨다.

"손주 데리고 으데 가시능교."

"꼬양이 아프다카드만 뱅원 가는 갑네. 할매도 병원 좀 가 보소."

퇴근하자마자 서두른 덕에 병원 시간에 맞춰 접수를 할 수 있었다. 찐이는 미열과 콧물이 있어서 감기로 진단받고 네블라이저와 약 처방도 받고 왔다. 나이가 있어서 조금은 걱정했는데 다행이었다.

사실 병원에 가면서도 할머니는 찐이가 많이 아프면 어쩌나, 병원비는 또 어찌해야 하나, 내심 걱정이 많으셨을 거다. 진료실을 나와 돈주머니를 꼭 쥐고 계시는 모습을 보면서 돈 걱정은 하지 말라고 말씀드렸다. 할머니와 찐이를 좋아해 주시는 분들이 많아 그분들이 도와주시기로 했다고.

댁에 도착하고 나서야 걱정과 긴장이 풀리셨는지 "아이고~"하며 주저앉아 말없이 찐이를 쓰다듬으셨다. 저녁 밥값이라도 주시겠다는 할머니의 말씀을 뒤로하고 집으로 돌아왔다.

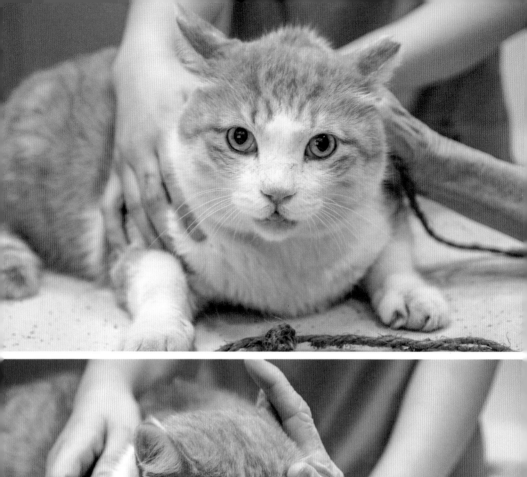

할머니와 찐이의 각별한 애정은 병원을 다녀오고서 동네분들에게 다 소문이 난 것 같다.

찐이에게 약을 먹이려 1주일간 매일 할머니 집에 갔는데, 동네분들이 지나가시며 찐이의 안부를 물으셨다. "아이코, 할매 꼬양이 데리고 뱅원 갔다매. 고거이 사람이네, 사람.", "찐이 이제 안 아픈교.", "손주 이제 좀 낫나." 모두들 웃으시며 찐이와 할머니를 보고 가셨다.

약속이 있어 급히 나가려는데 할머니는 뭐라도 먹고 가라며 냉장고에서 참외를 꺼내주셨다. 아침에 동네분이 주신 건데, 어제 조카가 왔을 때도 안 주고 있다가 고양이 총각 주는 거라고 하셔서 감사히 먹고 왔다.

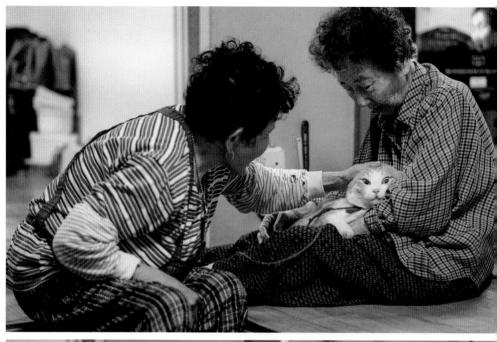
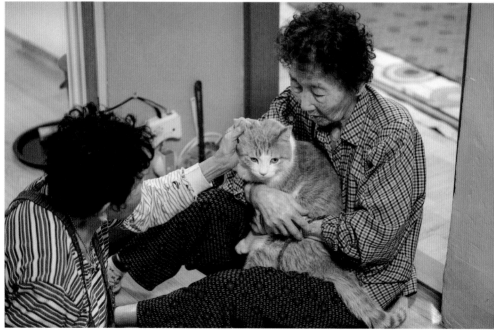

이삿날 생긴 소동

찐이 할머니의 이삿날은 예정보다 앞당겨졌다. 이삿날에 큰비가 온다고 해서 갑자기 앞당겨진 것이다. 이동장을 가져다 드리려고 저녁에 전화했는데 통 받지 않으셔서 꽁알이 할머니께 연락했더니 이미 이사를 하셨단다.

그런데 짐을 싸는 중에 찐이가 도망을 가서 어디 갔는지 종일 안 보인다는 거였다. 지금 캔 들고 찐이 부르며 찾고 있다고 꽁알이 할머니는 급히 전화를 끊으셨다. 황급하게 이동장을 들고 할머니 댁에 도착하니 꽁알이 할머니가 동네 할머니 두 분과 함께 찐이를 잡아 나무에 목줄을 묶고 계셨다.

자초지종을 들어 보니 이랬다. 오전에 도망갔던 녀석은 이삿짐 센터 직원들이 가고 조용해진 할머니 댁 앞을 기웃거리다 옆집 할머니들께 발견되었고, 소식을 들은 꽁알이 할머니가 동네 할머니 몇 분과 힘을 합쳐 잡으셨다고 했다. 녀석, 동네 고양이들에게 작별 인사라도 하고 온 건지…….

"할매가 찐이 놔두고 몬 간다고 찐아, 찐아 부르면서 동네 돌아댕기는디, 할매 쓰러질 것 같아서 조카가 일단 새집으로 데리고 갔다아이가."

곧 찐이 할머니가 택시를 타고 오셨고 꽁알이 할머니는 "문디자슥, 니 땜에 오늘 쎄가 빠졌다. 할매하고 잘 살아라!"라며 마지막 인사를 하셨다.

꽁알이 할머니와 찐이 할머니의 동네에서의 마지막 사진은 찍지 못했다. 헤어짐은 준비해도 급작스럽다. 이제 이 동네에서 두 분을 볼 수 없다니. 집에 오는 내내 마음이 울렁거렸다.

찐이 할머니와 꽁알이 할머니

    찐이 할머니는 올해 87세, 꽁알이 할머니는 75세이신데 띠동갑인 두 분이 어찌 만나고 친해지셨냐면 찐이 녀석 덕분이다. 인연을 이어 준 묘연.

    6년인가 7년 전 일이다. 할머니는 꽁알이들 밥 챙겨 주는 걸로 하루를 시작하셨는데, 그날도 꽁알이들 밥을 주러 나오니 꽁알이들은 없고 웬 돼지 같은 잡놈이 꽁알이들 밥을 혼자서 다 처먹고 있더란다. 그때도 찐이는 덩치가 컸나 보다.

    찐이가 올 때마다 쫓아 버려도 계속 와서 밥도 다 먹고, 애들을 못살게 굴어 골치가 아팠는데, 가만 보니 요 녀석 목에 목줄을 하고 있네?

    할머니가 예전엔 시장에서 만 원짜리 멸치나 고등어를 사 오셔서 애들을 먹이셨는데 자신도 안 먹고 애들 주는 걸 찐이가 다 내쫓고 자기만 홀라당 먹으니 화가 좀 나셨단다. 동네를 돌며 누가 주인인가 찾고 계셨는데 그때 찐이 할머니를 처음 만나셨다.

    "웬 비쩍 곯은 할마시가 "찐아~ 찐아~"하믄서 오드만 밥 훔치 먹고 있는 자슥 보고 우리 집 고양이라고 잘 좀 봐달라카대. 내가 고등어 값 받아낼라 카다가 할매 인상도 좋아 보이고 그냥 그때부터 마 친구 해뿌다 아이가."

    그 첫 만남 이후 얼마 안 가 구청에서 동네 고양이 TNR을 한다고 찐이랑 고양이들을 잡아갔다고 한다. 아무리 기다려도 애들을 다시 안 데려오길래 결국 꽁알이 할머니는 구청에 가서 드러누우셨고, 겨우 다시 데려온 게 찐이 딱 하나였다. 이 일 덕분에 두 분은 더 친해지셨다고.

호사다마.
쩐이와 할머니는
무사히 이사했지만
이사 다음 날
할머니가 다치셨다.

잠시만 안녕

"찐이야, 할매 나으면 꼭 다시 보재이. 할매 팔 빨리 낫아 가지고 올게. 할매 니 없으면 몬 산다. 니도 할매 없으면 몬 살제?"

찐이네가 이사 간 지 하루, 바로 다음 날 아침에 할머니가 넘어지셔서 크게 다치셨다. 팔이 부러졌는데 수술에 입원까지 해야 할 거라고 했다.

찐이는 여름을 우리 집 창고에서 보내게 되었다. 할머니가 나으실 때까지 내가 돌보기로 했는데, 찐이가 겁도 많고 특히 남자를 무서워해서 잘 적응할지 걱정이었다. 창고는 전에도 구조한 고양이들을 임시보호했던 곳이어서 찐이가 지내기엔 무리가 없었다.

막상 찐이를 데려간다고 할머니 댁에 가니 찐이보다 할머니가 더 걱정이었다. 처음 찐이 데려오셨을 때 얘기까지 꺼내시더니 결국 눈가를 적시고 만다.

"손바닥만 할 때부터 멕이가 키운 지 8년이다. 내가 찐이 몬 만났으면 진즉에 골병이 나가 몸 병신이 됐을끼다. 만날 아침저녁으로 야 밥 먹인다고 일어나제. 안 그캤으면 맨날 누워가 병났을기라."

"찐이야, 할매 낫고 꼭 보재이, 총각아 찐이 잘 좀 해 주이소. 밤마다 옆에서 머리 들이밀며 비비는데 그거 그리워서 내 병원에서 우찌 지내겠노."

할머니는 냉장고에서 얼린 명탯국을 한가득 꺼내 주셨고 명탯국 잘 먹으니 잘 좀 부탁한다고 거듭 말씀하셨다.

할머니는 찐이를
연신 쓰다듬고
뽀뽀를 해 주시며
"찐이야, 할매 니 떼놓는
거 아이다. 니 버리는
아이다."라고 다독이며
말씀하셨다.

찐이의 임보 생활

이사한 지 하루 만에 찐이는 우리 집으로 왔다. 찐이가 가고 나서 할머니는 매일매일 전화를 하셨다. 찐이 걱정에 전화도 급히 놓으셨단다. 이사를 오고 하루 동안 밥을 아예 먹지 않았던 찐이라 우선 밥은 잘 먹는지부터 물으셨다.

"찐이 잘 지내능교? 밥은 좀 먹능교? 명탯국에 캔 말아 주면 잘 묵소. 찐이 밥 잘 챙겨 주이소. 내 부탁하께요."

처음 며칠은 찐이가 밥을 안 먹어서 걱정을…… 할 뻔했다. 녀석은 정말 잘 먹고, 잘 쌌다. 화장실을 치워 주는데 어디서 큰 개가 들어와서 싸고 간 줄 알았다. "아이고, 할머니! 찐이 소처럼 먹고 똥도 무슨 큰 진돗개처럼 싸서 힘들어 죽겠어요!"라고 말씀드리니 크게 웃으시며 전화를 끊으셨다.

할머니는 곧 입원하신다고 하셨다. 병원 가는 당일도 친척분 휴대폰으로 전화가 와서 찐이가 정말 보고 싶다고, 보고 싶다고 하셨다.

찐이의 머리 크기는 남다르다.
여름 집 마당에 핀 능소화를 재미 삼아 올려봤는데
몇 개까지 올라가나 봤더니 무려 5개에 달했다.
남다른 두상, 압도적인 머리 크기.

94년 이후로 가장 무더웠던 여름, 찐이는 선풍기 한 대로도 잘 버텨 주었다. 해 질 녘에 화단에 물을 주면서 일부러 뜨거워진 마당에도 물을 뿌렸는데, 역대급 더위에 1시간도 안 돼서 금방 말라 버렸다. 그래도 약간 시원해진 마당 바닥을 찐이는 참 좋아했다. 나는 저녁마다 찐이를 밖으로 데리고 나와 같이 저녁 공기를 쐬었다.

할머니는 병원에서 매일 전화를 걸어 오셨는데, 친척분이 안 계시면 같은 병실분들의 전화기를 빌려서라도 전화를 하셨다. 처음엔 할머니가 손자한테 전화를 하는 줄 아셨던 병실분들은 고양이라는 걸 알게 되자 영상 통화도 할 수 있게 해 주셨고 그렇게 할머니는 내내 그리던 찐이를 보실 수 있었다.

할머니는 거의 매일 찐이의 안부를 묻는 전화를 하셨다. 할머니의 첫마디는 항상 '우리 찐이 밥 잘 먹능교?'다. 우리 할머니도 전화를 하거나 찾아뵈면 밥 먹었느냐부터 물으시는데 할머니의 마음은 다 똑같나 보다.

찐이가 어떻게 지내는지 묻고 싶은 말이야 많고 많겠지만 혹여 내게 부담이 될까 밥 잘 먹었는지만 물으신다. 오늘은 뭘 주고 얼마나 먹었는지, 낮엔 창고 쪽이 햇빛이 안 들어서 시원하다든지, 요새 잘 먹고 잘 싸서 털도 윤기가 난다든지, 문 열어 놓고 마당 구경도 한다든지 하는 이야기들을 들려 드리면 '아이고, 아이고.' 웃으시며 전화를 끊으신다.

(할머니와의 전화 통화 녹음)

"쩐이야, 우찌됐든 건강하고 잘 있으라이. 할매 낫아가 나가면 니 데꼬 가 살게. 할매하고 니하고 둘이 살재이. 할매하고 둘이. 사랑해, 예쁘다, 사랑 한다. 마이 묵고 잘 살래이. 할매 낫아가 나갈 동안. 그쟈?"

"니가 보고 싶어 죽겠다. 내 낫아가 갈게. 할매 아파서 그란다이. 아파서 니를 때 났다이. 마이 묵고 건강하래이. 착하제, 우리 찐이, 우리 찐이 착한 찐이제? 말 잘 듣던 찐이제? 마이 무라이, 마이 무라. 인자 전화 끊어야 되겠소. 욕 좀 보소. 우짜긋노, 내 고마버 죽겠다. 우예 됐든 좀 봐주소. 낼 수술 드간다. 낼."

짧은 재회

"우리 아가야, 우리 아가야. 어구, 이쁜 내 새끼 할미 알아보긋나? 할매 잊어버린 거 아이제?"

할머니의 수술은 무사히 끝났고 퇴원도 하셨다. 이젠 집에서 통원 치료를 해야 하는데 할머니의 시누이분께서 가끔 오셔서 도와주고 가신다. 찐이와 할머니의 짧은 재회가 있던 날도 시누이 할머니가 계셨는데 "찐아, 고모 할매 알아보긋나." 하시며 찐이를 반기셨다.

사실 처음엔 시댁에서 할머니가 찐이와 같이 이사 가는 걸 많이 반대했었다고 했다. 하지만 시댁에서 생각하는 것 이상으로 찐이는 할머니에게 의지가 되고 있었고, 많은 분들의 따뜻한 관심도 생각을 바꾸는 데 도움이 되었다. 할머니에게 이런저런 댓글들을 읽어 드리면 많이 부끄러워하시며 손사래를 치셨는데, 시댁 친척들에게 이 이야기를 많이 하신 것 같았다.

도망간 찐이를 겨우 잡고 할머니와 택시를 타고 이사한 집으로 갔던 날은 시댁 친척 다섯 분이 계셨는데, 나를 보고 이렇게 말씀하셨다.

"할매가 여든, 아흔 먹어가 자식은 없고 뭔 낙이 있겠노. 그런데 요즘엔 할매한테 전화하면 곧 이사할 양반이 걱정도 없는가 잘 웃더라고. 그래서 보이까는 총각이 인터넷에 사진 올리가 외국 사람도 알아본다카대."

시댁 친척분들은 별 희한한 세상이라며 웃으시더니, 할매도 좋아하고 하니 총각이 자주 와서 할매 들여다보고 사진도 찍고 가라며 이사 떡을 주셨다.

이제는 임보처가 더 익숙해진 찐이. 이사한 할머니 집이 낯설어 겁먹은 찐이에게 할머니가 고양이 식으로 인사를 건넨다. 할머니가 주무실 때면 늘 머리맡에 와 머리꿍 부비부비를 해 주던 찐이처럼.

"어이구, 내새끼 잘 있었나? 할매 니 보고 싶어 죽겠드만 니는 내 안 보고 싶었나, 이눔 시키야."

그제서야 할머니를 알아보는 녀석. 머리를 스윽 대어 보더니 몸을 돌려 다리에도 부비부비, 팔에도 부비부비.

매일 베개 옆에 놔둔 찐이 사진을 보며 '찐이야 같이 자자이'하시며 주무시는 할머니. 며칠 내로 병원에서 검사 받고, 깁스를 조금 뜯어서 실밥을 제거한다던데 결과가 좋게 나왔으면 좋겠다.

두 달만의 상봉

"찐이, 할미하고 같이 사니까 좋재? 어디 가지 말고 할매 옆에 계속 있으래이."

우여곡절 끝에 할머니와 찐이가 다시 한집에서 살게 되었다. 흩어졌던 일상의 조각들이 원래의 자리로 돌아갔다. 할머니는 오랜만에 찐이의 골골송과 부비부비로 잠자리에 드셨고, 또 오랜만에 시장에 가서 찐이에게 먹일 명태도 사 오셨다.

할머니와 찐이의 재결합 일주일째, 이젠 외출을 못 하는 찐이는 심술이 났는지 밥투정을 부리며 할머니 속을 태우고 있었다. 우리 집에 있을 땐 나가겠다고 울지도 않고 밥만 잘 먹었는데……. 아무래도 외출금지는 핑계고 오랜만에 본 할머니에게 어리광을 부리는 것 같았다.

"저거만 보고 살지. 내 누가 있나? 아~무도 없제. 아이고, 근데 야가 밥을 안 묵어. 아파도 묵으면 마, 살살 묵으면 괜찮을낀데 도저히 안 무글라캐 싸서 걱정이다."

재개발 때문에 이사한 뒤엔 일주일에 두어 번 오는 노인 돌보미 아주머니 외에 할머니의 말동무가 되어주는 건 정말 찐이밖에 없었다. 그런 찐이가 며칠째 밥도 잘 안 먹으니 할머니의 걱정은 이만저만이 아니었다.

　재개발로 이사 가신 두 분. 꽁알이 할머니는 아직 남아 있는 고양이들 때문에 예전 동네에 들르며 재개발 사무실에서 이웃들의 소식도 듣고, 남아 있는 이웃들에게도 인사하고 온다고 하셨다. 찐이 할머니는 이사하면서 이웃들에게 제대로 인사도 못하고 왔다며 꽁알이 할머니에게 이웃들의 안부를 물었다.

사거리 슈퍼 집은 아들 집으로 갔고, 옆집 할매들은 고향으로 내려갔다
는 얘기를 하고 있는데 찐이가 할머니 다리에 머리를 댄 채 귀를 쫑긋하고 있
었다. 꽁알이 할머니는 찐이도 친구들 소식이 궁금한지 귀를 쫑긋댄다며 "찐
이 니도 꼬양이 친구들한테 인사도 몬하고 왔제. 니 맨날 우리 집 와서 괴롭히
던 꽁알이들, 느그 새끼들은 이 삼촌이 어디 좋은 데로 이사시키고 있다. 니
는 할매만 붙잡고 살면 된다이."라고 하셨다.

여덟 살이라도 할머니에겐 어리광쟁이

"찐아, 야, 이 문디자슥아, 할미 손을 만다꼬 물어뿟노. 기부수 푼 지 얼마 안 된 할매가 니 생각해서 닦아 주고 그라는데."

찐이가 새집에 적응하는 데 시간이 조금 더 걸릴 것 같다. 시댁 친척분들도 오시고 복지관에서도 사람이 나오니 찐이가 정신이 없나 보다.

할머니는 찐이가 밥도 잘 안 먹고 쭈구리가 됐다고 걱정하시며 밥도 직접 떠먹여 주고, 매일매일 몸도 닦아 주신다. 매일 밤 '우리 찐이 밥을 안 먹는데 우짜꼬……'하시며 나에게 전화도 하셨다.

찐이는 새집에 적응이 안 되고 낯선 사람들도 많이 와서 받은 스트레스를 할머니에게 풀어 버린 것 같았다. 그만 할머니 손을 물어 버렸고 손이 좀 부으셨다. 때마침 들른 꽁알이 할머니가 찐이에게 한 소리 하셨다.

"이 문디자슥아, 니 몇 년 전에 내 이렇게 이렇게 손으로 할퀴가지고 내 팔에 피 철철 나게 안 만들었나. 그때 아들이 어떤 놈이 그랬냐고 고래고래 소리 지르고 난리 났다. 넌 줄은 꿈에도 모를 끼라."

옛날 이야기를 한바탕 늘어놓은 꽁알이 할머니는 혼내시는 건지, 쓰다듬으시는 건지 격하게 찐이 녀석의 머리를 만지시며 말씀하셨다.

"찐이 니, 할매한테 계속 그래라. 계속 그라므는 내 아들한테 다 이를 끼다. 니 남자 무서워하재. 느그 할매한테 잘해라. 내가 니 지켜보다가 아들 데꼬 와서 혼낸다이."

할머니 집으로 돌아온
찐이는 다시 밥투정을
하기 시작했다.
임시 보호하는 동안
소처럼 먹던 모습은 어디
가고 할머니 속 타는 줄
모르고 깨작깨작댄다.

사람들의 빈자리

추석 연휴 마지막 날 할머니 댁을 찾아갔다. 찐이는 누가 업어 가도 모를 만큼 퍼져서 자고 있었다. 얘기를 들어 보니 시댁 식구분들이 오셨는데 아이들에게 엄청나게 시달렸다고 한다. 갑작스러운 시댁 식구들의 방문으로 안방에 거의 감금당한 찐이는, 아이들의 '내가 먼저 만질 거야', '나만 만질 거야'의 제물이 되었고 정신이 나간 채 뱃살을 내어 주었다고 했다.

시댁에서 할머니 드시라고 튀김이며 그 밖의 먹거리들을 들고 오셨는데 할머니는 혼자 사는 할매가 먹어 봐야 얼마나 먹겠냐며 같이 먹겠냐고 물으셨다. 조금만 먹겠다고 했는데 튀김이 나오고, 문어가 나오고, 곧 탕국과 밥이 나오니 한 상이 가득 찼다.

차려 주신 음식들을 차곡차곡 배 속에 집어넣고 있는데 할머니가 그러셨다. "하루 시끌시끌하더니만 가고 나뿌니까 이래 조용할 수가 없네. 일주일에 두 번 복지관에서 사람 나오는 거 말고 집에 올 사람이 누가 있겠노." 꽁알이 할머니가 가끔 시장 가는 길에 찾아와서 얘기를 나누시지만 찐이 할머니는 이사를 오시고 사람이, 사람 소리가 그리워지신 것 같았다.

할머니 손의 상처

"찐이 이래 쓰다듬고 있으면 아픈 기 좀 낫는 기라."

한 30년 전에, 할머니는 목포 어딘가 부둣가에서 열리는 새벽 장에서 장사를 하셨다. 부산에서 오후 늦게 배를 타고 출발하면 새벽 서너 시쯤에 도착했는데, 그 시간에 장이 섰단다.

한겨울에 배를 타고 가면 어찌나 추운지 장에 도착하면 몸이 얼어 "생선 사세요."라는 말도 제대로 안 나오셨다고 했다. 아무리 꽁꽁 싸매도 손과 발로 전해지는 추위는 어쩔 수가 없는 법. 축축한 생선을 손질하는 손은 더욱더 그랬을 것이다.

할머니의 손엔 그런 겨울들을 버텨 온 상처가 남아있다. 동창이 겨울마다 반복되어 아직도 추워지면 손가락이 벌겋게 되어 따갑고, 피까지 나는 일이 다반사였다. 그럴 때면 보드라운 찐이를 쓰다듬으면 좀 낫다고 하셨다.

"이래이래 쓰다듬고 배 밑에 손 넣으면 따뜻하이 좀 낫다카이."

찐이에게 할머니 손은 약손, 할머니에게 찐이 뱃살은 냥뜸.

할머니의 소원

"찐이 눈 감는 날 나도 같이 눈 감으면 좋을 낀데 욕심 아니긋나."

할머니는 농담처럼 돌아가신다는 말씀을 종종 하시는데 "할머니, 또 그
랍니까! 찐이 듣고 있는데!"라고 하니 웃으시며 찐이 하루라도 더 보고 가고
싶다 하신다. 시간이 좀 더 천천히 흐르면 좋겠다.

고양이와 보행기

날이 부쩍 추워졌다. 퇴근길에 할머니를 뵈러 갔더니 못 보던 보행기가 있었다. 어쩐 일인가 여쭤 보니 구청 사람들이 주고 갔단다. 할머니께 봄에 찐이 저기다 태워서 벚꽃 보러 가자고 농담 삼아 얘기를 꺼냈는데 찐이 커서 저기 들어가겠냐고 하셨다. 그래서 말이 나온 김에 찐이를 태워 봤는데 사이즈가 딱 맞았다.

천연덕스럽게 보행기에 앉아있는 찐이가 귀여워서 카메라를 들었다.

찐이의 명태 사랑

찐이는 조기나 다른 생선은 안 먹고 딱 명태만 먹는데, 동네 시장엔 괜찮은 놈이 없어서 지하철 타고 부전시장까지 가서서 사 오셨단다. 집에서 다섯 정거장 거리.

큰놈으로 싸게 잘 사 오셨다며 손질해야 하니 그동안 찐이랑 같이 놀고 있으라고 하셨는데, 찐이 녀석 할머니가 명태를 꺼내오니 벌떡 일어나 따라간다. 그리고 할머니가 생선 손질이 끝날 때까지 그 앞에 앉아 있었다.

손자가 할머니 뭐하나 따라와서 보는 것 같다고 하니 손주 키우는 것보다 더 힘들다며 웃으신다.

"이놈 시끼 내가 버릇 잘못 들였다. 딴 건 안 묵고 꼭 맹태만 먹는다카이. 손주 있는 거보다 더 힘들다. 그래도 이놈 자식 내 없으면 못살 낀데."

할머니는 찐이 먹기 좋게 잔뼈와 내장을 꼼꼼히 제거하셨고, 손질이 다 끝난 할머니의 손은 뻘겋게 부어 있었다.

"아이고, 찐이야! 발 시렵구로 말라 내리왔노. 할매 퍼뜩 쓰리가 국 끼리 주께."

찐이는 생선 손질이 끝날 때까지 내동 할머니 옆에 있었다.

한파주의보

올해 부산이 가장 추웠던 날. 한파와 강풍 주의 문자가 오던 시각에, 할머니는 누빔 재킷에 목도리로 얼굴만 감싸고 찐이 녀석 먹일 명태를 사러 집을 나오고 계셨다.

마침 할머니 손에 바를 바셀린을 사 들고 가던 참에 골목에서 할머니를 만났고, 젊은 사람이 꽁꽁 싸매고 다녀도 추운 날에 옷이 이게 뭐냐며 시장에서 사 오신다는 걸 겨우 막았었다.

그날 이후로 겨울에는 명태는 줄이기로 하고 사료만 먹이기로 했었는데 녀석이 깨작깨작 먹으니 할머니는 남은 명태살을 사료와 손으로 비벼서 떠먹여 주셨다.

빨랫줄 인연줄

할머니는 주무실 때면 찐이에게 목줄을 해서 손에 살포시 쥐고 주무신다. 목줄도, 줄도 느슨하고 허술해서 언제든 풀고 나갈 수 있지만 찐이는 그런 적이 없다.

찐이는 이사 오기 전엔 외출냥이였는데 항상 밤 12시 넘어 밤마실을 나갔다가 새벽 서너 시가 지나서야 돌아왔다.

하지만 밤마실을 나갔다가 낮에 온다거나 그다음 날에 돌아오는 경우가 있었고 그럴 때마다 할머니의 걱정은 이만저만이 아니었다. 혹시 잘못됐을까 '내가 디비잔다고…… 아, 뒷모습도 못 보고 보냈네.'라고 연신 자책하시면서.

목줄은 찐이가 밤마실을 나갈 때 할머니께 기별이라도 하고 가라는 의미로 하기 시작한 것이다. 걱정과 애정의 표시다. 찐이가 느슨한 목줄을 한 번도 풀거나 풀려고 하지 않은 걸 보면 아마 할머니의 마음을 아는 것 같기도.

시댁에서 감을 보내 주셔서 할머니 댁을 가면 한동안 감만 먹어야 했다.
할머니의 손이 어찌나 빠르시던지 찐이 머리만 한 감을 두세 개는 먹고
와야 했다.

날이 꽤 쌀쌀해졌다. 요즘 찐이는 전기장판과 한 몸이다. 날이 추워지고
할머니는 본인이 아프시면 찐이를 부탁한다는 말을 자주 하셨다.

아기 옷을 입은 찐이

"아이고, 총각! 갈 때 다 돼서 이게 무신 복이고. 참말로 손주 안아 보는 거 같네. 요즘은 아/들 옷이 이래 나오나?"

겨울에 고생이 많으셨던 할머니는 겨울만 되면 다리부터 아프시고 손발이 트신다. 그래서 전부터 할머니의 사정을 아셨던 분들이 할머니께 장갑과 내복을 보내 주셨는데, 찐이 입히면 할머니가 좋아하실 것 같다고 아기 옷도 함께 보내 주셨다.

찐이가 아무리 거묘라고 해도 설마 아기 옷이 맞겠나 싶었는데 단추를 잠그는데 묵직하니 둘레가 비슷하게 맞았다! 무엇보다 모자를 씌우는데 얼추 사이즈가 맞는 걸 보고 찐이 머리가 보통 머리가 아니라는 걸 다시 한번 실감했다.

두 할머니의 궁합

"이놈 봐라, 숨도 안 쉬고 핥아묵네. 총각아 이게 뭐라꼬? 쭈루? 남은 거 있으문 꽁알이 주구로 나도 몇 개 챙기도."

찐이를 보러 갔다 만난 꽁알이 할머니는 철거 지역에 남은 꽁알이 두 마리 때문에 일요일에도 밥을 주러 다녀오셨다고 한다. 꽁알이 할머니는 찐이 할매가 어지간히도 잘 챙겨 주는지 찐이 엉덩이가 아기 엉덩이만 하다며 엉덩이를 두드리셨는데 통통 북소리가 났다.

"우리 붕티기 궁디만 펑퍼짐한 줄 알았드만 대그빡 큰 거 봐라. 평평하이. 할매 봐라. 리모컨도 이래 올라간다. 티비 볼 때 리모컨 이래 올리 놓고 보문 되겠네."

옆에서 그러지 말라는 찐이 할머니와 장난기 많으신 꽁알이 할머니. 두 분의 궁합이 너무 좋다.

허름한 목장갑

할머니의 사진 중엔 이렇게 허름한 목장갑을 낀 사진이 많다. 추운 겨울 시장에서 장사하다 생긴 동창이 해마다 반복되어 지금까지 할머니를 힘들게 하고 있다.

사진을 본 많은 분들이 안타까워했고 털장갑을 보내 주신 분도 있었다. 할머니에게 털장갑을 전해 드렸지만, 할머니는 주무실 때와 시장 가실 때 말고는 항상 목장갑을 끼셨다. 찐이 밥 챙겨 주고 하려면 털장갑보다 그냥 이 얄궂은 장갑이 더 편하다며 목장갑을 고집하셨다.

털장갑도 안 끼는 할머니를 위해 털 재킷을 사드렸는데, 찐이 아기 옷과 커플룩일 것 같아서 같이 털옷 입고 사진 찍자고 했다.

냉장고

할머니의 냉장고는 할머니가 드실 것 반, 찐이가 먹을 것 반으로 채워져 있다.

할머니는 집에서 다섯 정거장 떨어져 있는 시장에서 크고 실한 명태를 사 와서 냄비 한가득 찐이가 먹을 명태 뭇국을 끓이신다.

찐이가 며칠 먹을 양만 냉장실에 넣어 두고 나머지는 소분한 다음 냉동실에 넣어 두신다. 그래서 냉장고는 찐이 먹을 명탯국과 간식이 반, 할머니가 드실 것 반이다.

"내가 저눔 자식 먹을 거 산다고 시장도 가고 이래 안 움직이나. 찐이가 다른 건 없어도 이 명탯국은 꼭 있으야 된다이가."

찐이 핑계 삼아 말도 많이 하시고 먼 시장까지 다녀오시는 덕분에 할머니는 지금까지 크게 아프지 않은 거라고 말씀하시곤 한다. 아흔에 가까운 연세에 찐이 화장실을 젓가락으로 쏙쏙 집어내며 청소하시는 걸 보면, 찐이 녀석이 효자 노릇을 하고 있다는 생각이 들었다.

그런데 똥 삽 사용법을 분명 알려 드렸는데 젓가락으로……

케이크를 사고
초는 얼마나 필요하냐는
점원의 말에 큰 걸로
10개를 달라고 했다.

첫 번째 크리스마스

연말이 다가오고 날이 추워질수록 할머니께 연락이 자주 왔다. 달력 제작과 사진전 준비로 시간이 없었는데 크리스마스를 핑계 삼아 할머니 댁에 다녀오기로 했다.

할머니가 사시는 연립주택엔 할머니의 방만 불이 켜져 있었고 옆집과 윗집은 모두 불이 꺼져 있었다. 그 적막감이 싫어서 일부러 발소리도 크게 내고 대문 밖에서부터 찐이를 부르면서 들어갔다. 할머니는 왜 이렇게 오랜만에 왔냐며 문을 열어 주셨고, 나는 찐이와 할머니의 팬분께서 보내주신 홍삼과 케이크를 두 손 번쩍 보여 드리며 들어갔다.

할머니 팬들이 보내 주신 선물이라고 하니 할머니는 "아이고, 이게 다 뭐시라!"라며 아이고를 연발하셨고, 케이크에 초까지 꽂으니 여든, 아흔 평생 크리스마스고 생일이고 모르고 사셨는데 찐이 덕분에 고맙고 신기한 일이 많이 생긴다고 하셨다.

할머니와 케이크를 나눠 먹고 일어서는데 할머니가 팬분들에게 과일이라도 사 드리라며 돈을 주시려는 걸 겨우 말리다 대문을 나왔다. 문 뒤로 할머니의 추운데 조심히 가라는 목소리가 들렸다. 골목의 적막감이 조금 옅어진 것 같아서 좋았다.

농담이라도 그런 말 마셔요

"우리 찐이 데비다 좀 키워~ 찐이 없으면 서운해서 혼자 못 산다 싶다
가도 내가 나이가 많고 늘어 죽을까 겁난다 안 카나."

항상 혼자 남을 찐이 걱정을 하셨던 할머니. 나에게도 가끔 오는 손님에
게도 찐이 데려다 키우라는 말을 농담 삼아 하셨다.

할머니에게 짜 먹는 간식을 드렸더니 냉장고에 넣어 두셨다. 냉장고에 넣어 둔 간식이 살짝 얼었는지 할머니는 전기장판 밑에 넣어 녹여 주셨다.

"찐이야, 할매가 끓이 주는 명탯국보다 이게 더 맛있나? 삼촌이 이거 마이 묵으면 설사한다카니까 조금만 먹자이~"

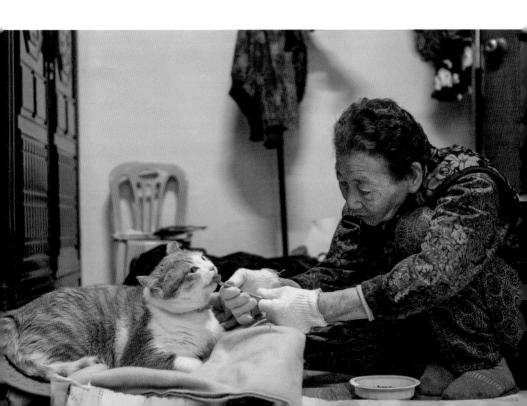

"이눔아가 잘라고 누우면 옆에 와가 지 만지달라꼬 난리다. 그라믄, 요래요래 모가지 만지주면 좋다고 몸을 비비 쌌는다. 코에서 구롱구롱 콧바람도 나오고."

찐이는 할머니가 손에 쥐가 날 만큼 주물러 주면 그제야 잠을 잔다고 한다. 요즘 따라 계속 잠을 깨우고 잠을 못 잘 만큼 애교를 부린다는 찐이. 요 며칠 계속 감기 기운이 있으셨던 할머니에게 아프지 말라는 찐이의 마음인 듯 싶다.

　할머니의 머리맡엔 쩐이 사진이 있다. 할머니가 팔을 다치셔서 쩐이가
우리 집에서 지낼 때 저 사진을 머리맡에 두시곤 "쩐이야, 잘 자래이."하고
주무셨다고 하셨다.

　할머니는 요즘 잠을 깊게 못 주무셔서 꼭 새벽에 깨는데, 그럴 때면 쩐
이가 머리 옆에 와서 그릉그릉 소리를 내 준단다.

할머니, 할아버지 중엔 돈 아낀다고 겨울에도 웬만하면 보일러를 잘 안
트시는 분들이 많은데, 찐이 할머니는 "내 혼자 있으면 양말 한 짝 더 신고,
매트만 켜면 되는데 내 찐이 때문에 보일라 튼다. 이눔아가 좀만 추우면 코를
핑핑하고 재채기를 안 하나."라며 걱정하지 말라 하신다.

안 좋은 소식

날이 춥던 아침부터 할머니의 시댁 식구분에게 문자가 왔다. 할머니나 찐이에게 무슨 일이 있으면 시댁 식구분에게 연락이 왔기에 현기증이 밀려왔다. 문자엔 할머니가 아프셔서 지금 병원에 가는 중이라고, 감기몸살 때문인 것 같다고 쓰여 있었다. 곧 할머니께 전화가 왔는데 링거 며칠 맞으면 괜찮을 거라고 며칠만 찐이를 부탁하셨다.

그런데 이틀 후 다시 전화가 왔다. 신호가 끊길 때쯤에 받은 수화기 너머에서 할머니가 폐암 말기이고 치매 증상까지 있으셔서 할머니의 짐을 정리해야 하니 찐이를 부탁한다는 소리가 들렸다. 일이 끝나고 할머니 집으로 향했다. 일부러 할머니 집과 먼 정류장에서 내려 걸어갔다.

코와 귀에 감각이 없어질 때쯤 할머니 댁에 도착했다. 찐이의 짐들은 문 앞에 있었고 할머니가 늘 입던 꽃무늬 조끼와 추워하셔서 사 드렸던 털 재킷과 장갑이 다른 옷가지들과 섞여 아무렇게나 쌓여있었다. 비로소 닥쳐오는 현실감. 가슴이 쿵쾅쿵쾅 뛰고 손과 다리가 떨렸다.

다시, 이별

할머니가 여름에 입원하셨을 때 찐이를 무척 보고 싶어 하셔서 인화해 드린 사진은 아직 머리맡 티슈통에 꽂혀 있었다. 짐을 정리하시던 시댁 식구 분은 할머니께 아직 폐암에 대해 말씀드리지 않았다고 했다.

하지만 할머니는 당신의 시간이 얼마 남지 않았다는 걸 이미 아셨는지 도 모르겠다. 최근 들어 당신이 가시고 나면 남겨질 찐이 걱정을 많이 하셨 고, 찐이 덕분에 여기까지 왔다는 말씀도 많이 하셨다. 할머니의 소식을 전해 듣고서 나는 그저 담담히 찐이의 임보처를 구하고, 주변분들에게 소식을 알 렸다. 할머니와 찐이가 함께할 수 있는 얼마 남지 않은 시간, 나는 내가 할 수 있는 일을 찾아서 해야만 했다.

따뜻했던 정들

여든 가까이 일만 하시던 할머니가 가장 몸이 아프고 힘들 때 찐이를 만난 건 인생 막바지에 받은 큰 복이고, 선물이라 하셨다. 사실 할머니는 몇 년 전에, 그러니까 나와 만나기 전에 받은 검사로 폐에 이상이 있다는 걸 아셨다고 한다. 하지만 가족들에게 말씀은 안 하셨단다. 아니, 차마 못한 것일지도 모르겠다.

할머니가 아프셔도 그간 잘 지낼 수 있었던 건, 찐이와 이사 오기 전 이웃분들 덕분이었던 것 같다.

꽁알이 할머니는 동네 행사(무료 급식이나 검진, 레크리에이션 등)가 있으면 찐이 할머니를 데려가셨고, 구청과 구의원실을 찾아가 이런저런 혜택을 받을 수 있게 하셨다. 그래서 찐이 할머니와 티격태격 싸우실 때 "할매! 내 덕에 나라에서 나오는 게 얼만데 나한티 맥심 한 봉다리 사 줘 봤나?"하며 서운해 하시기도.

이웃분들은 오가며 할머니의 안부를 물었고, 찐이가 안 들어와서 걱정하고 있으면 제보를 해 주시기도 했다. 할머니와 찐이를 병원에 데려갈 때, 이웃분들이 손주 데리고 어디 가느냐고 묻자 배시시 웃으시던 할머니의 표정이 아직도 기억난다.

따뜻한 봄날을 기다리며

할머니는 일반 병원에서 검사와 치료를 받고 요양 병원으로 가시기로 했다. 일반 병원에서 요양 병원으로 간다는 건, 이별에 더 가까워진다는 걸 의미했다. 그래서 요양 병원으로 가시기 전, 찐이를 만나게 해 드리기로 했다.

할머니는 이때까지 본인이 그냥 감기몸살인 줄로만 알고 계셨다. 누구도 할머니가 얼마나 아픈지 얘기를 못했기 때문이다. 할머니는 "좀 있으면 찐이 보러 갈 낀데, 추운데 와 아를 데리고 나왔노."라고 하시며 방에 보일러를 따뜻하게 틀어 놓으라고 하셨다.

하지만 요양 병원에 가신 뒤에는 본인이 얼마나 아픈지를, 그리고 이제 찐이를 볼 수 없을지도 모른다는 사실을 아신 것 같았다. 매일 꿈에서 찐이가 애옹애옹 우는데 나가 보면 없다고 하셨다. 찐이 걱정을 너무 해서서 찐이가 임보처에서 잘 지내는 영상과 사진을 보여 드리니 마음을 조금 놓으셨다.

"말 몬하는 동물, 말 몬 알아듣는다카는데 찐이 야가 얼마나 말을 잘 알아듣는지 모른다. 지 몸 닦아 주면 싫다꼬 발톱으로 내 손을 까리빌 때가 있는데 내가 담부터 그라지 마래이, 이라믄 끙끙 하면서 내 손 핥아 준다꼬."

"……가가 참말로 말을 잘 듣는다. 찐이가 참말로 말을 잘 들어."

날이 따뜻해지면 다시 찐이를 데려갈 생각이다.

기억의 무게

하루하루 할머니는 몸무게도, 기억의 무게도 줄어 가고 있었다.

할머니의 기억은 이사 오기 전 마을에 머물러 있었다. 아마 이사 가기 전 5월의 어느 날쯤에 계신 것 같았다. 어제가 사월초파일이라 절에 갔다 왔다고 하셨다.

"아이고, 총각아! 찐이가 밥을 안 무그서 내가 생선도 찢어가 올리주고 했는데 안 먹어서 혼을 좀 냈드만 그제 나가서 아직도 안 들어온데이. 사진 찍다 만나면 할매 니 찾는다고 해도. 그 고양이 할매도 몬 봤단다."

전에 갔을 때도 찐이 혼내서 미안하다는 말씀을 하셨는데, 찐이에게 못해 줬던 기억이 더 떠오르시는 것 같았다.

"그 할매……, 고양이 할매 전번에 와서 보니까 와 그리 말랐노. 요새 잘 지낸다드나?"

꽁알이 할머니 생각을 하다 보니 최근 기억으로 다시 돌아오신 듯, 나에게 "아이고, 총각!"하시며 "찐이 그 가서 밥 잘 묵나?" 물어보셨다.

지금 할머니의 기억이 머물러 있는 그 시절에 나는 그냥 가끔 오는 사진 찍는 총각일 뿐이지만, 할머니가 덜 아프시다면 그런 건 아무래도 상관없었다.

용기가 필요해

병원 엘리베이터에 타며 나는 이런 생각을 했다. 할머니는 오늘 어디쯤 기억 여행을 하고 계실까, 그 기억엔 아직 찐이와 내가 있을까. 혹시 기억이 조금 돌아오셨을까.

마침 식사 시간에 도착해서 할머니가 깨어 계셨는데, 섬망 증상 때문에 아무것도 못 알아보셨다. 간병인이 괜찮다면 할머니께 밥을 떠 드리겠냐고 해서 한 숟가락씩 먹여 드렸다.

할머니는 정신이 없으신데도 자신의 아픈 모습을 보이기 싫으신지 고개를 돌리며 내 팔을 미셨다. 계속 누워만 계셔서 힘이 없으시니 밥 먹을 때 좀 흘릴 수도 있는데 연신 고개를 돌리고 입을 닦으셔서 '할매, 괜찮다'고, '밥 묵고 빨리 약 묵자'고 했다.

할머니가 찐이 이야기하는 걸 듣고 싶어서 앉아 있는데 옆 병상 할머니들이 학생인지 총각인지 몰라도 원하는 답 듣기는 어려울 거라고 했다. 그리고 가족도 아닌데 굳이 이럴 필요 없고 마음 다친다며 자주 오지 말라고 하셨다.

할머니 손을 한번 잡고 가려는데 할머니 손이 많이 나아진 걸 발견했다. 빨갛지도, 까칠하지도 않아서 "할머니 손 다 나아서 좋겠네."했더니 끄덕끄덕 해 주신다.

"할매 또 오께!"하고 나왔다. 다시 할머니를 뵈러 올 용기는 쉬이 나지 않았지만, 손이라도 나은 게 좋아서 속도 없이 웃음이 나왔다.

봄 소풍

할머니는 멀리 봄 소풍을 떠나셨다.

할머니의 소식을 접한 날, 봄비가 내리는 걸 보니 따뜻한 곳에 잘 도착하셨나 보다.

하루하루 기억이 사라지는 가운데서도 찐이를 혼내 미안한 기억뿐이셨고, 병상에서 찐이 아직 안 들어왔냐며 찐이야, 찐이야 부르시곤 하셨다.

이별이 머지않아 올 것을 알고 있었다. 하루라도 더 할머니와 찐이의 추억을 남겨 드려야겠다고 생각했다. 생각만 했다. 나에겐 용기가 없었다. 할머니와 여름에 찐이 머리에 능소화 몇 개까지 올라가는지 보자고 했었는데……
손을 뻗으면 잡혔던, 별일 없던 일상들은 반짝이며 날아가 버렸다.

찐이가 없었으면 진즉에 아팠을 거라는 생전 할머니의 말씀처럼, 할머니와 찐이가 함께한 지난 8년은 서로가 하루하루를 선물한 것일지도 모르겠다. 찐이를 위해 명탯국을 끓이고, 집에 들어오지 않은 찐이를 찾으러 동네한 바퀴를 돌던 그런 하루하루. 할머니는 할머니 자신을 잃어 가는 중에도 이일상의 조각만큼은 손에 꼭 쥐고 계셨다.

마지막 인사

할머니께 마지막 인사를 드리러 갔다.

할머니 생전 초하루면 빠짐없이 오셨던 절, 마지막까지 잡고 있던 기억 속의 그 절이다. 종교는 없지만 부처님께 할머니가 부디 따뜻한 내세를 살게 해 달라고 했다.

할머니는 49재까지 절에 계셨다가 시댁의 가족묘로 가신다고 한다.

찐이는 입양처가 정해질 때까지 카페를 하시는 집사님께서 임시보호를
해주시기로 했다. 할머니 댁에서 찐이를 데려올 때 할머니가 자주 입으셨던
조끼를 들고 왔는데 찐이는 조끼를 이불 삼아 자곤 했다.

찐이는 곧 좋은 가족을 만났다. 할머니가 찐이에게 늘 "할매 집 말고 다른 집에 가면 할매한테 하는 거만치로 투정 부리고 그라믄 안 된다. 밥 가리지 말고 이쁜 짓도 하고. 알긋제?"라고 당부하셨던 덕분인지, 찐이는 새집에서 적응도 잘하고 애교도 많단다.

하나의 이름은
여덟 마리 중 딱 하나
살아남았다고 해서
'하나'가 됐다.

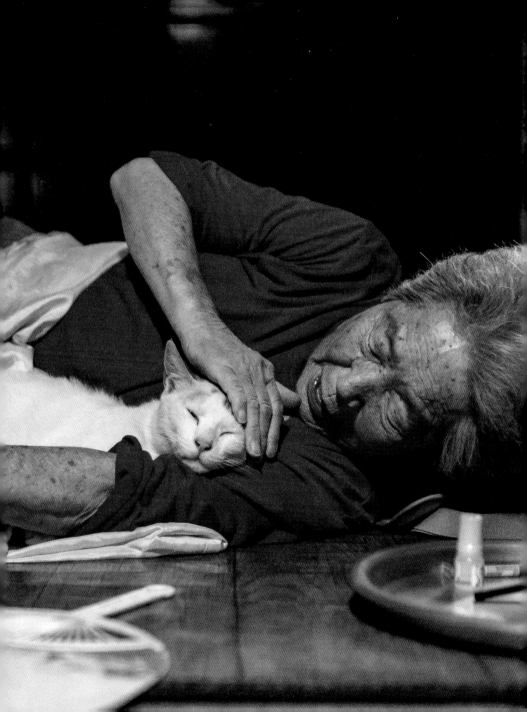

하나 할머니

　　내가 주로 사진을 찍는 골목으로 가는 길엔, 넓은 공터에 동네분들이 화분을 놓아 텃밭처럼 가꾸어 놓은 곳이 있다. 가끔 고양이들이 그 화분들 사이에 있어 운이 좋으면 그 모습을 담을 수가 있는데 이날은 왠지 그런 느낌이 왔다. 공터 화분들 사이로 고양이 서너 마리가 보였고 나는 그 모습을 담느라 정신이 없었다. 그리고 공터 앞 나무 벤치에 할머니 세 분이 계셨는데, 그중 한 분이 나에게 말을 걸어오셨다.

　　"학생, 뭐 찍능교? 아이고, 꼬양이 찍능교? 요즘 동네에 사진 찍고 애들 사료도 준다 카드만 나도 한번 알아봐 줄 수 없겠능교? 요짝에 나이 팔십 먹은 할매가 꼬양이들 밥 챙기 주는데 꼬등어도 사다 바치고 사료도 큰 거 한 포대씩 사서 야들 챙겨 준다이가! 아아, 쫌만 여 있어 보이소. 내가 할매 데리고 올텡게."

　　동네의 밥 챙겨 주시는 분들에게 사료 심부름을 하거나 가끔 그냥 보태 드리기도 했었는데 그 얘기를 들으신 것 같았다.

　　백발의 할머니 한 분이 지팡이를 짚고 한 손엔 고양이를 안은 채 종종걸음으로 골목길에서 나오셨다. 처음 내게 말을 거신 할머니가 "요 학생이 요즘 동네에 꼬양이 사진 찍는 사람이라요."라고 소개를 하셨고, 고양이 할머니는 공터에 나와 있는 고양이들 이름과 가족관계에 대해 얘기해 주셨다. 할머니가 데리고 나온 고양이의 이름은 '하나'라고 했다.

가끔 이곳을 지날 때면 골목 안에 고양이 사료 봉투가 있어서 '아, 밥을
챙겨 주시는구나' 했는데 그분이 하나 할머니였다.

해가 뉘엿뉘엿 떨어지고 고양이들이 나올 때 즈음이면 공터 앞에 할머
니들이 나와 계셨다. 할머니들은 멀리서부터 나를 알아보시고 반갑게 맞이해
주셨다.

동네분들은 시원해질 즈음에 나오셔서 과일을 나눠 먹거나 찬거리 손질을 하면서 얘기를 나누셨다. 이번에 화단에 무엇을 심어 볼지, 아픈 곳은 좀 어떤지 등 오가는 일상적인 대화 속엔 고양이도 포함됐다.

"그게 무신데 정신을 못 차리노. 아나, 하나야! 할매가 방울토마토 따왔다. 이것도 무 봐라."

간식을 먹는 하나의 모습이 재밌었는지 할머니 두 분이 "뭐시 그래 쪽쪽 빨아 묵노, 맛있는 기가?"하며 하나를 빤히 지켜보셨다. 순식간에 간식 두 봉지를 먹는 모습에 이게 뭔데 이렇게 애가 환장을 하냐며 간식 봉지를 유심히 보신다. "아따, 할매도 못 묵은 연어로 맨들었네. 참치하고 연어!"

그 와중에 하나는 할머니 손에 있는 빈껍데기에만 집중한다.

허리가 안 좋은 하나 할머니. 그런데도 고양이들 일이면

허리 숙이는 것쯤 마다하지 않으신다.

할머니가 나오면 어디선가 하나둘씩 나오는 녀석들.
이 골목 아이들은 늘 꼬리가 하늘을 뚫을 기세다.

8마리 중에 하나

같이 태어난 형제 중에 혼자 살아남아서, 8마리 중에 하나 살아남았다고 이름이 '하나'가 된 고양이. 그 뒤 다른 고양이들의 텃세로 쭈구리가 된 하나를 보다 못한 할머니가 집 안으로 들여 키우게 된 것이 묘연의 시작이었다.

처음 하나를 만났을 때 하나의 상태는 많이 안 좋았다고 한다. 어리고 약한 하나를 살리기 위해 할머니는 노력을 아끼지 않았다. 내도록 설사를 하던 하나가 걱정되어 약국에서 비오비타를 사서 주기도 하셨고, 힘이 없는 녀석이 걱정되어 고깃국물을 고아 먹이고, 병원도 데려가셨단다. 할머니의 진심 어린 애정이 하나를 낫게 했다.

하나와 할머니의 이야기는 골목을 지나는 동네분들도 다 아시는 듯했다. 동네 사람들이 지나가며 "할매가 새끼 때부터 키워 놨드만 하는 짓이 참 기특하다."고 한마디씩 건네면 할머니는 손주 칭찬한 것처럼 뿌듯해한다.

할머니 껌딱지

하나 할머니는 허리가 안 좋아서 늘 허리 보호대를 하고 계셨는데 최근에 상태가 더 안 좋아져서 입원을 하게 되셨다. 할머니가 입원해 계시는 동안, 하나와 다른 녀석들의 밥은 뽀삐라는 고양이를 키우시는 앞집 아주머니와 할머니 친구분들이 챙기기로 했다.

그런데 할머니가 계실 땐 그렇게도 싸돌아다니던 하나가 할머니가 입원하고 집에 안 계시니 밥도 안 먹고, 옥상에 올라가 꽥꽥 목이 찢어지라 울어 댔단다. 평소에 야옹 소리도 듣기 힘들던 녀석인데……

다행히도 수술까진 하지 않아도 되겠다는 진단을 받고 할머니는 예정보다 빨리 퇴원하셨고, 하나는 목이 다 쉰 채 할머니를 마중 나왔다고 한다.

요즘 하나는 놀러 가자는 친구 고양이들의 야옹 소리는 들은 체 만 체 할머니의 껌딱지가 되어 붙어 있다.

할머니가 입원하셨던 뒤로 하나는 늘 할머니 곁을 지키고 있다.

가까이 가니 마늘 냄새가 꽤 났었는데……

"마늘 냄새 따위 아무렇지 않다냥!"

하나를 찍고 있으니 할머니와 같이 마늘을 까고 계시던 뽀삐 아주머니가
뽀삐도 찍어 보라며 데리고 나오셨다. 녀석을 보니 집에서 잘 쉬고 있다가
매운 마늘 까는데 나와서 이 무슨 봉변인가 하는 표정이다.

할머니와 사는 고양이들은 다 이렇게 어리광쟁이가 되는 걸까.

하나 녀석, 누워서 꼼짝도 안 하고 혀만 날름하면서 밥을 받아먹는다.

사랑받는 것도 좋지만 사랑을 줄 대상이 있다는 것도 힘이 나게 만드는 것 같다.

하나가 나가서 안 들어오면 그 핑계로 마실 한 번 돌게 된다는 하나 할머니.

허리가 좀 안 좋으시지만, 이 연세에도 정정하시다.

"하나야, 누가
니 보고 뭐라카면
이 할매들한테
말하믄 된다이."
- 할맨져스

하나가 밖에서 지내는 시간이 많아져서인지 사진을 찍다가 가만 보니 목에서 벼룩들이 단체 수영을 하고 있었다. 혹여 할머니에게 벼룩이 옮을까 다음 날 바로 약을 사와 발라 주었다.

"하나야, 밖에서 놀드만 벼룩을 어디서 붙이고 왔어요? 약 발랐으니께 이제 깨끗해지겄네 우리 하나, 고맙습니다~ 해야지."

기생충 약을 바르는데 얌전히 있어 준 보답으로 짜 먹는 간식을 줬는데,
하나의 눈빛 공격에 못 이긴 할머니는 간식 한 개를 더 까서 주셨다.

할머니는 잠깐
외출 중이라
내가 임시 점장이라옹.

부식 가게 할머니의 기억

할머니네 가게는 부식 가게 겸 가볍게 술 한잔할 수 있는, 이른바 가맥집 비슷한 곳이다. 가게 안쪽엔 테이블 난로가 있어서 추운 날이면 동네 사람들이 집에 가는 길에 들러 몸을 녹이곤 하는데, 길 가던 고양이들도 테이블 밑에 자리를 잡고 엉덩이들을 데웠다. 이날도 할머니는 한잔하러 오신 동네 할아버지의 이런저런 얘기를 들어 주며 고양이들을 챙겨 주고 계셨다.

부식 가게 할머니는 젊으셨을 때 공장에서 일하셨는데 공장에선 쥐잡이 용으로 고양이 한 마리를 묶어 키웠다고 한다. 할머니가 공장을 그만둘 즈음 그 고양이를 데려갈까 고민을 했고, 고향에 내려가는 날 고양이를 데리러 다시 공장을 찾았지만 녀석은 없어졌다고 한다. 그래서 할머니에겐 그 녀석에 대한 그리움과 주저했던 것에 대한 미안함이 아직 남아 있다. 그 그리움과 미안함 때문에 가게 앞을 지나는 고양이들에게 손을 내밀어 주신다.

5년 전에, 어느 삼색이가 겨우 젖만 뗀 녀석들을 가게에 두고 갔는데 그 중 하나가 사진의 녀석이다. 그다음에도 종종 젖만 뗀 새끼를 데리고 왔고 할머니는 다 받아 주었다고 한다. 지금 가게에 남은 녀석들은 두 마리. 최근에 마을 초입에 밥 주시던 아주머니가 이사해서 따라 올라온 객식구 삼색이까지 총 세 마리. 새끼들만 놓고 간 그 삼색이는 아직도 가끔 찾아오는데, 화를 내실 만도 하지만 할머니는 "니는 새끼를 와 그리 못 보노, 새끼들 낳으면 나한테 온나. 다 데리고 온나."라고 하신다.

"할모니~ 이렇게 애교부리는데 나 좀 봐달라옹!"

"와? 눈치 봐쌌노. 니 무글 거 무라."

부식 가게 고양이들은 멤버가 늘어 어느새 대여섯 마리가 가게 앞과 옆
에서 밥을 먹게 됐다. 가게 안쪽 손님은 가끔 먹던 멸치를 애들에게 던져 주었
고, 가게 밖 의자에 앉은 손님들은 평상 밑을 돌아다니는 아기 고양이들을 보
며 대화 중간중간 미소를 짓거나 놀아 주기도 했다.

　　그냥 일상적인 동네 풍경. 거기에 그냥 고양이만 있을 뿐.

할머니 한 분이 지나가다 가게 평상에 앉아 한참을 고양이를 보시더니,
"저눔시끼는 못 먹었나, 와 저리 삐쩍 곯았노."라며 걱정을 하신다. 화려한
바지와 굵은 반지에서 왠지 모를 포스와 든든함이 느껴졌다.

　　손님들에게 내어준 멸치국수 냄새 때문인지 할머니 옆에서 계속 애옹·애옹 운다. 결국 육수 내고 남은 멸치를 두 국자나 얻어먹었다.

"아이고, 그래! 니 얘기하는 줄 알겠드나? 고양이가 참 똑똑해요. 이래
이래 지 부르면 와서 빤히 본다니까."

멸치 두 국자를 얻어먹고 열심히 그루밍을 하는 녀석에게 할머니가 맛
있게 먹었냐고 물으니 두 눈을 깜빡이며 짧게 '옹! 옹!' 대답했다.

고양이 동네 사랑방

부식 가게엔 늘 동네분들이 가볍게 술이나 각자 집에서 가져온 주전부리를 나눠 먹으면서 이야기를 하고 계신다.

내가 가면 부식 가게 할머니가 "아이고! 고앵이 총각 왔소!"라며 반갑게 맞아 주시는데, 덕분에 내가 갈 때마다 대화 주제가 고양이로 바뀐다.

그럴 땐 거의 개 파로 나뉘는 아저씨 팀과 고양이 파로 나뉘는 아주머니 팀 사이에 작은 설전이 벌어지기 일쑤. "주인도 몰라보는 기 뭐가 좋노.", "뭐라카노! 야들도 주인 다 알아본다. 시간이 좀 걸리서 그라치." 주로 이런 말들이 오고 간다.

마을의 이런저런 소식이 오가는 장소에서 즐거운 대화 주제가 고양이일 수 있다는 게 신기하고, 부럽고 감사한 일이 아닐 수 없다. 덕분에 하나 할머니도 만났으니.

술 손님이 오면 가끔 고등어나 치킨을 얻어먹을 수 있었다.

가게 앞에서 술 손님을 기다리는 녀석들.

맘씨 좋은 아주머니가 치킨 살을 발라 주셨다.

녀석들은 나에게도 먹을 걸 요구했다. "털어서 나오면 사료 한 톨에 솜방망이 한 대."

아픈 아기 고양이를

조금 챙겨 줬더니

이제 찾아와서

인사도 하고

애교도 부린다며

좋아하시던 아저씨.

톰과 제리

앞집에 살던 청년이 고양이들을 챙겨 주다가 이사를 가 버린 게 계기였다고 했다. 하염없이 그 집 앞에서 기다리던 고양이들이 안타까워서 아저씨가 직접 먹을 걸 챙겨 주신 지 올해로 4년째라고. 처음엔 생선이나 우유, 빵도 주셨는데, 〈톰과 제리〉에서처럼 고양이가 우유나 생선을 좋아하는 줄 아셔서 그랬단다.

이 골목은 내가 이 동네에 와서 처음 고양이 사진을 찍은 곳이고, 우리 집 셋째 고양이를 만난 곳이며, 길고양이를 챙기는 분을 처음 만난 곳이다. 그게 바로 이 아저씨였다. 애교 많던 셋째를 데려갔을 때 무척 서운해하셨는데 집에서 살이 올라 통통해진 모습을 보고 "고 녀석, 팔자 폈네!"라면서 크게 웃으셨다. 이런 인연으로 가끔 연락도 드리고 매달 사료도 보내드리고 있다.

4년 전 여름, 고양이 사진을 찍고 싶어서 발을 디디게 된 이 동네는 그야말로 미로였다. 고양이는 보이지 않고, 같은 곳만 맴돌게 되거나 곧 막다른 길이 나왔다. 그러다 겨우 골목 끝에서 고양이 꼬리를 보았고, 열심히 따라간 끝에 이곳을 만날 수 있었다. 옛날엔 지금보다 마을이 컸고 사람도 많이 살았는데 그땐 정말 마을에 도둑이 와도 길을 잃을 정도였다고 한다.

이 골목에선 아저씨 두 분이 고양이들을 챙겨 주고 계신다. 한 분은 앞에서 소개한 아저씨고, 다른 한 분은 과묵하지만 내가 길고양이 사진을 찍을 때 어떤 마음가짐을 가져야 하는지 알려 주신 분이다.

4년 전, 땅바닥에 쭈그려 앉아 사진을 찍고 있는데 문득 뒤에서 목소리가 들려왔다. "고양이들 찍는 거 좋아. 좋은데 여기 아픈 애들도 있으니께 가들 불쌍하게끔 찍지는 마소. 가들도 가들 나름대로 열심히 살고 있는데." 처음에 그 말을 들었을 땐 기분이 좋진 않았다. 나름대로 밥도 주고, 아파 보이는 애들에게 약도 주면서 찍고 있는데 왜 저리 말씀하시나 야속한 마음도 들었다.

집에 돌아와 아저씨가 했던 말이 생각나 마당에서 찍었던 사진들과 그날 찍은 사진들을 비교해 보았다. 그제야 그 말씀이 어떤 의미인지 깨달았다. 사진엔 불필요하고 일방적인 연민과 동정이 있었다. 그리고 밥을 주고, 약을 준 행위들은 그저 사진을 찍기 위해 스스로를 도덕적으로 합리화하는 짓이었다는 걸 깨달았다. 그날 찍었던 사진들은 다 지워 버리고 말았다.

처음엔 기분 나빴던 그 말이야말로, 정말로 편견 없이 길고양이를 대하는 태도라는 깨달음을 얻었다. "가들도 가들 나름대로 열심히 살고 있다."란 말은 내가 길고양이를 대하는 마음이 되었다.

"웃긴 놈들이네,
길도 안 비키고!
꼬리 밟혀도 내는
모린다."

 좁고 오래된 마을은 아직 연탄 보일러가 겨울을 책임지고 있다. 다 타 버린 연탄재엔 미열이 남아 있어, 연탄을 담는 자루에 고양이들이 옹기종기 모여 조금이라도 온기를 느끼고자 했다. 정말로, 연탄재 함부로 발로 차면 안되겠다.

밥을 주시는 아저씨 두 분이 늘 이 길로 다니시기에

고양이 녀석들은 이곳에서 아저씨를 기다리곤 한다.

길을 가다 꼬리를 바짝 든 길고양이를 만나면
'너 사랑 받고 있는 녀석이구나'라는 생각이 절로 든다.

내 버킷리스트 중 하나는 세룰리안 블루 가득한 도시에서 고양이들을 사진에 담는 것이다. 이를테면 모로코의 쉐프샤우엔 같은. 이 동네엔 내가 좋아하는 색들이 가득하다. 빛바랜 붉은 색과 청록색들은 정말 고양이와 궁합이 잘 맞는 것 같다.

가방을 정말 좋아하는 치즈냥이.

가방 안의 먹을 것엔 관심이 별로 없고 이렇게 가방끈을 머리에 올린다.

혹은 가방 메듯이 끈을 다리 사이에 넣기도 한다.

가방에만 관심이 있는 특이한 녀석.

취향이 한결같은 녀석. 머리 위에 뭘 올리거나 기대는 걸 정말 좋아한다.

처음엔 고양이 한 마리만 보일 것이다.

"집도 만들어 주고,
지 묵으라꼬 물도 떠놓고,
코도 닦아 줬드만 이제
바람이 났능가…….
부르면 오지도 않고
집에도 통 안 들어온다.
내 마 정떨어져서 집도
확 치우고 할꺼다."
물론 그 말씀을 하시고
한 달이 지나서도
그런 일은 없었다.

문디 고양이 그리고 후시딘

이 동네에 사진 찍으러 간 지 올해로 3년은 넘은 것 같다. 3년 넘게 다녔더니 이젠 어느 골목의 어느 집이 고양이를 싫어하는지 대충은 알게 됐다. 사진의 장소는 길고양이들을 좋아하지 않는 아저씨가 사는 곳인데 어느 날 가보니 아저씨 집 앞에 박스가 있고 아픈 녀석이 그 안에서 자고 있었다.

잘 보이진 않았지만 박스 위엔 '고양이가 자는 곳이니 건드리지 마세요'라고 적혀 있었고, 앞에는 작은 물그릇도 있었다.

무슨 일인가 의아해하고 있는데, 아저씨가 집에서 나오며 얘 아픈 것 같으니 약 좀 주라고 하시는 게 아닌가? 이 문디 고양이 아픈 거 보기 싫으시다며. 네? 내가 잘못 들었나?

바로 옆 골목에 사시는 할머니가 고양이들 밥을 간혹 주시는데 그 할머니의 얘기를 듣고 알게 되신 것 같았다. 아저씨는 녀석이 코가 안 좋아 보여서 볼 때마다 닦아 주고, 코가 헌 것 같아서 후시딘도 발라 주셨다고 했다. 박스집도 물그릇도 아저씨가 두신 거였다. '쪼맨한 기 병든 닭처럼 아파 보이는 게' 보기가 너무 딱하셨다고.

녀석은 처음에 문디 고양이로 불렸지만, 이제는 집도 있고, 밥그릇도 있고, 그리고 걱정해 주는 사람도 생겼다. 또 살도 많이 올랐고, 약을 준다고 잡으면 힘없이 있더니 이제는 싫다고 몸부림을 치는데 뒷발 킥이 제법 묵직하다.

눈이 붙어서 뜨지도 못했던 녀석이 처음 나와 눈빛을 마주했다.

굳이 빗물을 먹는 녀석을 보고 아저씨는 "기껏 생수 떠다 놓았더니 웃긴 놈이네!" 하셨다.

멀리서부터 내 발소리를 듣고 마중 나온 녀석은

눈빛도 많이 살아났고, 가방을 직접 뒤져 먹을 걸 찾아 먹을 만큼 식욕도 좋아졌다.

겨울마다 감기를 앓았던 녀석 때문에 병원에서 약을 처방받았는데,
녀석의 접수 이름은 '찔찔이'다. 좀 더 예쁜 이름으로 해 줄걸.

여름날, 비쩍 말라 죽어가는 녀석에게 고양이를 싫어하던 무뚝뚝한 아저씨는 녀석의 코를 닦아 주고 헐어 버린 코에 후시딘도 발라 주셨다.

어느 날 골목을 걸어가는데 한 분이 날 불러 세웠다.

"가 우째 됐능교? 그 와 꼬질꼬질하게 돌아 댕기던 그 꼬양이 새끼. 학생이 만날천날 찍어쌌던 그 고양이! 앞집 아저씨도 코 닦아 주고 그라드만 요새 안 보이던데."

찔찔이 요즘 거의 다 나아서 깨끗해졌다고 사진을 보여 드리니, "가가 이래 됐나. 아이고~"하시며 뒷짐을 지고는 어디론가 가셨다.

그 후로 찔찔이는 세 번의 겨울을 맞이했고 세 번째 봄을 맞이하던 어느 날에 무지개 다리를 건넌 것 같았다. 짧은 생이었지만 녀석이 맞이한 세 번의 겨울은 춥고 외롭지만은 않았을 것이다. 아저씨는 행여 녀석이 돌아올까 한동안 박스 집을 계속 놔두셨다.

나는 이 작은 녀석의
발자국을 홀린 듯
따라갔고, 좁은
골목길에서 나오니 다른
골목길과 달리 햇빛
가득한 이곳에 도착했다.
이 골목길에서 또 다른
묘연과 인연을 만났다.

치즈냥이의 골목

　　작은 치즈 고양이의 발자국을 따라 도착한 골목은 2년 동안 이 동네를 오가며 처음 발 딛는 곳이었다. 하늘색 벽, 파란색 지붕 집들과 공터엔 동네 분들이 가꾸는 작은 화단들, 그리고 파라솔 테이블까지. 한 번도 와 본 적 없었지만, 동네분들이 커피를 마시며 얘기를 나누는 풍경을 떠올리니 괜스레 웃음이 났다.

　　각자 집에서 가지고 온 것 같은 각각 다른 모양의 의자들을 보고 있는데 화단 뒤편에서 치즈 무리가 쏙쏙 고개를 내밀더니 우르르 쏟아져 나왔다. 나를 데리고 온 작은 치즈냥이는 치즈 무리의 대모 혹은 대장으로 보이는 고양이에게 가서, 나를 소개하는 듯 야옹야옹 뭔가를 말하는 것 같았다. 아마도 이런 내용이었으리라. "대장, 내가 아주 좋은 호구 물어왔다옹!"

'꽃분이' 탄생

치즈 무리 중 유독 약해 보이는 녀석이 있었다. 새끼들이 저마다 더 잘 나오는 젖꼭지를 찾아 경쟁하는 동안 녀석은 가장 늦게 일어나 남은 자리에서 젖을 먹었다. 그마저도 어미가 젖을 내어 주는 몇 분 중의 마지막 1분 정도.

마침 아픈 녀석이 옆 골목길에 있어서 가지고 온 환묘용 회복 캔 중 남은 것을 다른 녀석들 몰래 주니 다행히 잘 받아먹었다. 남은 캔을 싹싹 긁어 주고 있는데 화단을 보러 나오신 파란 지붕 집 할머니가 "니 뭐 맛있는 거 먹노? 총각 고양이 좋아하는 갑네."하시며 말을 걸어오셨다.

"야가요, 다른 애들보다 약한지 어미젖도 잘 못 먹고 옆에서 보면 참 짠해요. 야 형제들 다 죽고 야랑 쟈랑 둘 남았거던. 좀 있으면 추워지는데 우찌 될란가 모르겠어."

할머니는 화단에서 꽃을 하나 꺾어 녀석의 머리 위에 올리시곤, 예쁘게 사진 찍어보라며 허허 웃으셨다. 이후로도 사진을 찍으러 가면 꽃을 올려 주셨고, 녀석의 이름은 '꽃분이'가 되었다.

해가 잘 드는 시간에 꽃분이네 골목에 가면 고양이들도, 동네 할머니들도 공터에 나와 있었다. 커피를 마시며 담소를 나누는 할머니들 주위로 꽃분이의 가족들이 나와 햇볕을 쐬며 몸단장을 했다. 이미 일상의 풍경이 된 지 오래인 듯 고양이들에 대해서 새삼 뭐라 하시는 분은 없었다.

할머니가 주신 커피를 마시고 있는데 구석에서 혼자 햇볕을 쐬고 있던 꽃분이가 할머니 옆자리로 올라왔다. 할머니들이 무슨 얘기를 하고 있나 들어보려는 듯 귀를 이리저리 움직였다. 그 모습이 할머니에게도 보였는지 할머니는 꽃분이를 한참 바라보다 조심스레 쓰다듬어 주셨고, 꽃분이는 할머니의 손길에 스르륵 눈을 감았다.

    파란 지붕 집 할머니가 형제들에게 뒤처지는 꽃분이를 잘 챙겨 주신 덕에 꼬리도 바짝 세우고 다니고 젖꼭지 경쟁에서도 제법 버티게 되었다.

    추위가 걱정될 무렵, 녀석에게 좋은 소식이 있었다. 나와 같이 이 동네에서 길고양이 사진을 찍고 있는 집사님이 꽃분이를 입양하기로 하신 것. 꽃분이 할머니는 이제 문 앞에서 기다리고 있는 털뭉치 중 하나가 없어져서 시원섭섭하겠다고 하시면서, 추워지는데 제일 약한 놈이 주인을 만나서 다행이라고 덧붙이신다.

꽃분이가 새 가족을 만난 뒤 꽃분이 2호는 이 녀석이 되었다. 엄마 고양
이의 표정이 '너 머리에 뭘 달고 있냐'며 웃고 있는 것 같다.

고양이 사진을
찍으며 느낀 것.
고양이들과 어울리는
색은 파란색, 바다색,
초록색. 그래서 이
마을에서 난 이곳을
가장 좋아한다.

꽃분이를
처음 만났을 땐
다른 형제보다
작고 몸도 약했다.

하지만 골목의
할머니 덕분에
차츰 건강해졌다.

나는 꽃분이가
사랑받고
당당한 모습을
담아내고 싶었다.

꽃분이 엄마는 이 골목 모든 고양이의 엄마였다.

다른 골목에서 흘러들어온 아이에게도, 언니 고양이의 자식들에게도 젖을 내주었다.

골목의 할머니는 "미련한 것, 지 새끼한테만 물려도 모자랄 판에 저러고 있다. 쯧쯧."

하시며 멸치를 손 한가득 주시곤 하셨다.

이 골목 모든 고양이의 엄마. 미련한 엄마 고양이.

고양이 노상 강도단

꽃분이네 가족들을 만난 지 채 한 달이 안 됐을 때부터 녀석들은 골목 어귀에서 벌써 내 발소리를 알아듣고는 우르르 나와 나를 맞이해 주었다. 정확히 표현하자면 내 가방 안에 든 사료와 캔을 환영했겠지만. 어쨌든 녀석들은 다리를 부벼 주곤, 언제쯤 가방에서 먹을 걸 꺼내줄지 오매불망 내 손만 바라봤다.

얼마가 더 지나자 녀석들은 저 인간이 사진을 찍을 때까지 맛있는 걸 주지 않는다는 사실을 깨달았는지 가방도 알아서 열고, 사료 봉투를 꺼내 자기들끼리 알아서 나눠 먹었다. 캔은 어쩌지 못하니 사료를 다 먹곤 아무 일 없었다는 듯 내 앞에 앉아 무언의 시위를 했다.

이 뻔뻔하고 귀여운 강도단 녀석들. 가방도 털리고 사료도 털리고 돌아오는 길, 가방은 가벼워졌지만 오히려 더 배부른 느낌이었다.

어떤 관계든 어느 정도 거리를 두는 게 좋다.

고양이들과 친해진 후로 사진 찍기가 더 어려워진 걸 아쉬워해야 할지, 기뻐해야 할지.

밥은 안 주고 사진만 찍으니 심술이 났는지
꽃분이 엄마는 카메라를 들이대면 이렇게 '냥냥펀치'를 날리곤 했다.

딴에는 성질 부리고 있는 거지만

어째서인지 사진을 찍고 보면 이런 셀기꾼이 없었다.

4년 된 카메라를 새 카메라로 바꾸고 처음 찍은 길고양이는 꽃분이 엄마였다.

"인간 카메라가 바뀌었다옹."이라며 두 손으로 냥냥펀치를 날려 주었다.

"추운디 이리들
왔어? 따신 거
먹고들 혀."
꽃분이 할머니는 늘
커피를 내어주시고
따스하게 맞이해
주신다.

옆집 스티로폼 상추 화분을 신나게 긁고 온 녀석. 동네 할머니가 지나가
시며, "아이고! 부산에 몇 년 만에 눈이 왔나, 주디에 뭘 묻히고 있노? 니 옆
집 할매한테 혼난데이." 하셨다.

동네 아주머니가
"꼬양이 뭐 맛있는 거
먹고 있노."하시며
지나가던 참에,
할머니가 더운데
시원한 복숭아나 먹고
가라며 아주머니를
잡으셨다. 할머니와
아주머니는 그렇게
앉아 서로 손자들
얘기도 하고 안부를
나누었다.

무뚝뚝한 할머니와 말 많은 고양이

"아이고, 젊은 사람이 벌써 그라믄 우짜노. 야들한테 빠지면 나오기 힘든데. 내가 글타, 내가. 우짜다가 집에도 두 마리 키우는데 보여 주께 들어오이소."

길을 헷갈려 들어온 골목에서 만난 치즈냥. 어느 집 앞에서 애옹애옹 울고 있기에 근처를 살펴보니 밥그릇이 있었다. 녀석에게 뭔가 줄 게 없나 가방을 뒤적거리는데, 뒤에서 "누고?"하며 할머니가 나오셨다.

간식을 줘도 되냐는 말에 "시상에 고맙구로."하시며 문 앞에 앉아 녀석들 얘기를 해 주셨다. 사진 속 녀석의 이름은 깡패. 아픈 녀석 살려 놨더니 깡패처럼 골목 고양이들을 다 쫓아내곤 해서 깡패라고 부르신단다. 귀가 잘려져 있어서 TNR을 했나 싶어 여쭤보니 사비로 중성화를 해 줬다고 하셨다.

할머니와 얘기를 하고 있는데 이 깡패라는 녀석 왜 이렇게 말이 많은지, 옆에서 계속 애옹애옹 운다. "깡패야, 와 누가 니 보고 뭐라 하드나."하며 할머니가 달래니 겨우 애옹 소리를 멈춘다. 집에 있는 애들도 조용한데 이 녀석만 유독 말이 많다고, 밥 주러 나오면 잔소리 듣는 것 같고 아무튼 웃긴 녀석이라며 웃으셨다.

집에도 고양이가 두 마리 있는데 들어와서 보라며 처음 만난 우리를 안으로 들이셨다. 치즈냥과 고등어냥 둘.

고양이 발자국을 따라가니 사람도 만나게 된다. 그것도 좋은 사람을.

까슬까슬 하지만 따뜻한

"뭐 줘도 잘 안 처묵드만 총각이 가지온 건 신기하게 잘 묵네. 이눔 시끼가 입만 짧아 가지고 얄궂다이. 아나, 아나 체할라 단디 씹어 묵으야지."

할머니는 더운 날씨에 깡패가 입맛이 떨어졌는지, 안 그래도 입이 짧은 녀석이 더 밥투정이라며 걱정이셨다. 사실 내가 보기엔 깡패 녀석 털도 윤기가 흐르고 잘 먹고 있는 것 같은데 할머니 마음은 다 똑같나 보다.

"이게 뭘 주야 잘 묵겠노. 좀 꽉꽉 무봐라. 누구는 없어서 못 먹구만. 애옹, 하지만 말고 말 좀 해봐라, 으이? 보약이라도 한 첩 다리 주까?"

얄궂은 녀석이라며 장난기 섞인 타박을 주시지만 갈 때마다 신상 사료와 간식을 샀다며 요거 주니까 쪼매 더 묵더라고 웃으신다. 할머니의 사랑은 고생이 그대로 새겨진 손처럼 까슬까슬하지만 따뜻하고 포근하다.

고양이, 이 작고 작은 얄궂은 것들

"아이고, 총각 왔소? 내 쫌 있다 두 마리 데리고 병원 갈라꼬 여 나와 있다이가. 중성화 시키 뿔라고. 애들이 좀 있으면 밥 먹으러 올 텐데 기댕겨보소. 커피라도 한잔 마실 텐가?"

할머니는 멀리서부터 날 알아보고 반갑게 맞아 주셨다. 할머니는 오늘 중성화할 녀석이 둘이 있어서 골목에 나와 기다리고 있다고 하셨다.

현관문 앞의 밥그릇엔 사료와 발라놓은 생선이 듬뿍이었고, 골목 모퉁이마다 사료 그릇과 물그릇이 있었다. 할머니는 현관문 앞에 앉아 고개를 이쪽저쪽으로 기울이며 녀석들이 오는지 살피고 계셨다.

도착한 지 5분이 안 되었을 때, 저번에도 만난 깡패가 첫 번째로 급식 출석부에 발자국을 찍었다. 밥을 조금 먹더니 할머니 앞에 앉아 애옹애옹 운다.

할머니가 "아이고, 깡패야! 그래, 그래. 누가 그라드노, 우리 깡패한테 감히 누가 그라드노?"하니, 녀석은 "그라드노?"에 맞춰 짧게 "엥! 엥!" 답하고는 편하게 앉아 그루밍을 시작했다.

"아이고, 총각아! 우짜다 동물한테 빠지뿟노. 으이? 우리 같은 사람 많다. 요 옆집도 내 밥 주니까 따라서 주디마는, 을마 전에 고양이 다치 가지고 수술비가 40만 원은 나왔데이."

할머니는 나를 만날 때마다 어쩌다 이 작고 작은 얄궂은 것들에 정을 들었냐고 물으셨다.

　　근처의 학생들에겐 '언덕이', 밥을 챙겨 주시는 빌라 할머니에겐 '샐리', 나에겐 '샛별이'라고 불리는 녀석. 중성화 수술을 하고 우리 집 창고에서 지냈던 샛별이는 원래 영역으로 돌아가 사람들에게 잘 얻어먹고 다니는지 제법 통통해졌다.

빌라 앞 화단에 자리를 잡은 샛별이.

따뜻한 낮엔 이곳에 나와 햇볕을 쬐거나 화단 나무 사이에서 낮잠을 잔다.

마당엔 3년 전 앞집 할머니가 주신 능소화가 죽은 포도나무를 대신해
여름을 알려 주고 있다. 한차례 소나기가 지나가고 비를 피하고 있던 녀석들
이 우르르 나와 밥을 먹는다.

하수구 옆에 난 이름 모를 잡초는 멋진 배경이 되어 주었다. 내년 가을에
도 같은 장소에서, 같은 사진을 찍었으면 좋겠다.

수많은 재개발 현장에서
길고양이들을 만났다.
마을의 생이 마감하는
순간을 함께하는 건
사람들이 떠나고 남은
고양이들이었다.

사람들은 떠났지만, 그곳에 대한 정과 기억은 남아 있다.

고양이들도 그리움을 안다.

길고양이에게 가혹한 세상. 많은 길고양이들은 오늘만 살아간다.

그럼에도 불구하고 길고양이 사진을 찍게 된 건 내게 진흙 속에서 수많은 진주를 찾는 것 같은 행운이었다. 이 작은 털뭉치들에게 베풀어진 온정을 보며 위로를 얻기도, 또 희망을 느끼기도 했다.

묘연을 따라가니 인연이 생겼다. 웃는 날이 많아졌다. 공모전에 탈락한
날도 고양이를 따라간 곳에서 이런 풍경을 만났다.

나는 조금 더 고양이들이 사랑받길 희망한다. 그리고 지금처럼 고양이들과 사람들을 계속해서 만나고, 사진을 찍고, 더불어 웃고 울며 함께하기를 희망한다.

마당 고양이들을 찍으며 길고양이 사진을 찍기 시작했다. 녀석들의 안전이 가장 중요했기에 사진을 찍기 전에 동네분들에게 허락을 구했고, 인사도 드렸다. 동네분들이 나에게 먼저 인사를 건네기까지 그리 많은 시간이 걸리지 않았다. 곧 "고양이 모델비는 주고 찍능교?"라는 말을 듣게 되었다. 사람을 대하던 것이 늘 힘들던 나에게 고양이는 용기를 낼 수 있는 핑계였고 동기가 되었다.

묘연을 따라 정말 많은 사람들을 만났다. 고양이로 시작된 묘연이 안부를 주고받고 때론 웃고, 때론 걱정하는 그런 인연이 되었다.

감사의 말

오프라인 인연이든, 랜선 인연이든 소중한 사람들이 보내 준 따뜻한 관심과 응원은 고양이들과 고양이들을 돌보는 분들에게 큰 힘이 되었습니다. 고양이를 싫어하던 분들에게도 작은 변화가 있었던 것도 소중한 인연 덕분이었지요. 별로 잘나지 않은 사진 덕에 감당하지 못할 만큼 과분한 관심을 받고, 좋은 일들이 많이 있었네요.

저와 같은 골목길에서 사진을 찍고 든든하게 고양이들을 지켜주고 계신 해랑님, 치료나 구조가 필요한 고양이가 있을 때마다 멀리 일본에서 도움을 주신 미호님, 늘 애정 어린 조언을 해 주시는 감만동 형님과 원주 형님, 무한 긍정의 힘으로 응원해 주시는 미란 누님, 첫 전시회를 기획해 주시고 지금은 찐이의 가족이 되어 주신 장민영 사장님, 첫 전시부터 보러 와 주셨던 송정엽 집사님, 이경애 사장님, 찐이 할머니 가시는 길 외롭지 않게 추모해 주셨던 윤옥님, 정희님, 지젤 집사님, 릴리 집사님, 양념이 집사님, 요세피나님, 옥이네 꽃집 이다영 사장님, 오디너리플라워 유혜란 사장님, 사진이란 무엇인가 진지한 조언을 해 주신 하린님, 재진님, 그리고 늘 옆에서 가장 큰 힘이 되어 주는 배기이 양에게 감사의 말을 전합니다.

그리고 하늘에 계신 찐이 할머니, 정봉순 씨에게 사진 더 이쁘게 찍어 드리지 못해서 미안하다는 말을 전합니다. 할머니 계신 곳은 따뜻하죠?

고양이와 할머니

초판 1쇄 발행 2019년 11월 5일 | 초판 2쇄 발행 2019년 11월 26일

지은이 전형준
펴낸이 김영진

본부장 박현미 | 사업실장 백주현
책임편집 강세미
디자인팀장 박남희 | 디자인 김가민
마케팅팀장 이용복 | 마케팅 우광일, 김선영, 정유, 박세화
출판기획팀장 김무현 | 출판기획 이병욱, 이아람
출판지원팀장 이주연 | 출판지원 이형배, 양동욱, 강보라, 전효정, 이우성

펴낸곳 (주)미래엔 | 등록 1950년 11월 1일(제16-67호)
주소 06532 서울시 서초구 신반포로 321
미래엔 고객센터 1800-8890
팩스 (02)541-8249 | 이메일 bookfolio@mirae-n.com
홈페이지 www.mirae-n.com

© 2019 전형준

ISBN 979-11-6413-306-2 03810

「이 도서의 국립중앙도서관 출판시도서목록(CIP)은 e-CIP홈페이지(http://www.nl.go.kr/ecip)와
국가자료공동목록시스템(http://www.nl.go.kr/kolisnet)에서 이용하실 수 있습니다.
(CIP제어번호: CIP2019041008)」